深愛の恋愛革命

青野ちなつ

Illustration
香坂あきほ

B-PRINCE

※本作品の内容はすべてフィクションです。
実在の人物・団体・事件などには一切関係ありません。

CONTENTS

深愛の恋愛革命

あ、泰生《たいせい》が寝てる――。

リビングに入ってきて、ソファでうたた寝する泰生を見つけた潤《じゅん》は思わず微笑《ほほえ》んだ。

「飛行機の中で、仕事してたもんなぁ……」

長い夏休みをイタリアのカプリ島ですごした潤たちは、今夕遅くパリ経由で帰国したばかりだ。パリを夜遅くに出発する飛行機で、日本までは十二時間ほど。飛行機が離陸してすぐに潤は睡眠を取ったおかげで、マンションに到着した今も眠気や疲れはほとんどなかった。しかし泰生は寄り道したパリで何か仕事を引き受けたらしく、潤が眠ったあとも隣で長い時間パソコンを開いていた気配を夢うつつに覚えている。

それに、帰ってからずいぶん興奮していたみたいだし。

その原因を、潤は苦笑して見回す。

「まるで温泉旅館に来たみたい」

たった今まで潤が満喫していた檜《ひのき》と石が組み合わされた和風モダンな浴室に、リビングやキッチンの温かみのある板張りの床、障子が入った大きな窓など、潤たちが住むマンションは夏休みが始まる前とは百八十度も変わって純和風の部屋へと大変身していた。

世界的なトップモデルである泰生は最近では演出家としても名を揚げており、これまでもパーティーやイベントを魅力的に演出して成功を収めている。この部屋の様相も言わば『演出』

の練習だった。テーマを決めた模様替え兼リノベーションだ。最初は以前旅した北アフリカをイメージしたエキゾチックな部屋を作り上げ、その後は宇宙船を思わせるような壁も床もメタリックな部屋へチェンジし、そうして今回のこれである。

泰生の飽きっぽい性格もあり、潤が知る以前はシーズンごとに部屋の雰囲気を変えていたようで、だからバカンスでひと月ほど家を空けたこの機会にまた思い立ったらしい。いや、正直なところ泰生も突然考えついたものらしかった。

というのも、宇宙船もどきの部屋は今年の一月にリノベーションしたばかりだが、奇抜ゆえに飽きるのも早かったらしく、バカンスが終わってからまたあの部屋に戻るのが泰生は我慢出来なくなったのだという。一刻も早く変更したくなったようで、だから泰生がリノベーションを思いついたのは実はカプリ島でのバカンス中。さらには潤がこんな風に部屋が変わったのだと知ったのは、なんと帰りの飛行機の中というバタバタぶりだった。いや、泰生としては多分にサプライズの気持ちがあったようだが。

そんなこんなの急ぎのリノベーションだったせいか、今回は泰生も演出の手腕を振るうことなく信頼を寄せるなじみの工務店に丸投げしたらしい。そうして出来上がったのがこの温泉旅館のような純和風の部屋である。

泰生としては一度ニュートラルな空間に戻したかったようで、潤はそれを聞いて、さまざまな国のエッセンスを取り入れた奇抜なものを演出で作り上げる泰生でも、原点はやはり日本にあるんだなと不思議と納得した次第だ。

ただスーツケースを抱えて玄関に入って、まさに旅館のそれのような畳敷きの廊下に出迎えられたときには、心構えが出来ていたはずの潤もやはり驚いてしまった。しかし泰生はそれで一気にテンションが上がって、うきうきと部屋中をチェックして回っていた。それもあって潤より先に浴室を使ったあと少し落ち着いてうたた寝してしまったのだろう。

おれの風呂が長かったせいもあるのかな。檜の香りがする浴室は気持ちよかったし、何より日本のお風呂ってやっぱりリラックス出来たんだよなぁ……。

久しぶりに日本の風呂を満喫して長風呂してきた潤は、泰生を起こさないようにそっとソファの横を通りすぎてキッチンへ歩いて行く。

長く留守していたのもあって買いものへ行かないと何もない冷蔵庫だが、水だけは入っている。喉が渇いたこともあり、ガス入りのミネラルウォーターを取り出した。

「シンクは変わらないかな?」

足下は無垢の板材へ変わっていたが、シンクそのものは変わっておらず、ただ引き出しなどの今までメタリックだった部分を木製のそれへつけ替えてある感じで、使い勝手が変わらないことに潤はほっとする。

「——潤、おれにもくれ」

音を立てないように気を付けていたが、やはり起こしたらしい。泰生が両手を上げて伸びをしながらキッチンへと歩いてきた。

「ごめんなさい、うるさくしましたか？」

「いや、平気だ」

シャワーを浴びてまだ湿り気のある黒髪が男らしい美貌にかかるさまは、何とも色っぽい。鋭くも甘くも変化する泰生の目は今はけだるげに燻《くすぶ》っているゆえにしどけなく見えてしまい、潤はついどきりとしてしまった。とくとくと騒ぐ胸を押さえながら新しいペットボトルを冷蔵庫から取り出そうとして、潤はふと思い出す。

「そういえばお土産の中にレモンの蜂蜜で作ったっていうハニーレモンがありましたよね。あれと炭酸水でハニーレモンソーダが作れるって話でしたが、今作ってみましょうか？」

パリへ飛ぶ前のイタリアの空港でお薦めされて買ったレモンの蜂蜜漬けのことを言うと、泰生の顔がパッと輝く。それを見て何だか潤も飲みたくなり、置きっ放しだったスーツケースの中からハニーレモンのビンを探し出した。

グラスにとろりとシロップを落としていると、後ろから泰生が抱きついてくる。

「んー、潤。ほっかほかだな」

潤の腹にするりと長い腕が回ってきて、背中に泰生がのしかかってきた。大きな体は潤をすっぽり覆ってしまうほどだが、泰生はさらに熱をもらいたいというように、潤のこめかみに頬をすり寄せてくる。甘えるようなしぐさに潤は唇をほころばす。が、その頬がずいぶんひんやりしていて、潤は泰生を振り返った。

「泰生はけっこう体が冷えてますね。もう一度お風呂に入ってこなくていいですか」

「いい。潤で温まる」

やっぱり甘えただ……。

苦笑して潤はまた前を向いた。

セントラルヒーティングで温度を調整されている部屋だが、長期間留守にしていたからか少し冷えすぎていたのかもしれない。背中に感じる薄い部屋着を着た泰生の体はやはり冷たく感じて、潤は今からでも作りかけのこれをホットレモンにするべきかと迷ってしまう。

だが、こうしてひと肌を恋しがって泰生にくっつかれるのも悪くないかもと考えて、何も言われないこともあり最初の希望通りにハニーレモンソーダを作り上げることにした。

「どうぞ」

泰生にグラスを渡すと、ようやく体が離れていく。

「うま……。喉が渇いてるせいでさらに美味《うま》く感じる」

「ん、美味《おい》しいですね。手で持って帰るお土産でビン類を買うのはどうだろうって迷いましたけど、買ってよかった」

「だな。しかも、景色がいいのもいい」

グラスを手に、泰生がリビングの方へくるりと向き直った。今回のリノベーションの出来上がりを再確認しているような泰生に、シンクを背にして潤も隣に並んで部屋を見回す。

「変わりましたね。温かみがあって、今回の部屋も好きです。特に、畳の廊下が気に入りました。畳のいい匂いがするし、雰囲気もいいからあそこで寝っ転がりたいくらいです」

ここからは見えないが、玄関から入ってすぐの畳敷きの廊下は照明も暗めにしてあるせいか、どこか隠れ家へ繋《つな》がっている通路のようにも思えてワクワクする。

「潤は畳の部屋で暮らしたことがないんだったな」

思い出したように言われて、潤は頷《うなず》いた。

潤が小さい頃から住んでいた家は、昭和初期に建てられた趣のある洋館だ。隣に和館も建っていてそちらには祖父母が暮らしていたが、潤の部屋があったのは洋館の二階で内装はごく一般的なものだった。ちなみに和館の方が造りが贅沢で、親戚の集まりがあった際は和館で行われていたものの、そういう時は必ずといっていいほど部屋に閉じこめられていたせいか潤がそちらへ足を踏み入れることはほとんどなかった。

だから、畳の部屋で寝たのは泰生に連れていってもらった温泉旅館が初めてである。

「畳の匂いって、思った以上にいいですね」

甘酸っぱいハニーレモンソーダを飲んで、潤はすんっと鼻を鳴らした。廊下と寝室に敷いてある畳の香りが部屋中を満たしている気がする。

「寝室も、ベッドじゃなくて布団を敷くようにすればよかったか」

泰生の言葉に温泉旅館の布団を思い出して潤はいい考えだと色めき立つが、何か言葉を発する前ににやにやとした泰生がまた口を開いた。

「ダメだな。エロい気分になってもその都度布団を敷かなきゃなんねぇのってすげぇメンドー。やっぱすぐに押し倒せるベッドが最強だな」

「泰生はもうっ」

泰生らしいとんでもない理由から却下されて、潤は複雑な気分になる。泰生が押し倒す場所なんてベッドだけに限らないではないかと潤は強く主張したいが、それを言うともっととんでもない事態へ発展しかねないと、言いたい欲求をぎゅっとしまいこんだ。

「そういえば。イタリアからの荷物、二、三日中には届くでしょうか？」

それもあって、潤は別の話をすることにする。

「どうかね。何でだ？　大学の友だちにやる土産はスーツケースの中に入れてただろ」

「今度八束《やつか》さんのアトリエで打ち合わせをするときに、お土産のワインを持っていけたらなって思ったんです。重いから送ろうってことだったけど、やっぱり嬉《うれ》しがってくれる顔が見たいなって。八束さんだったら、とても喜んでくれそうなので」

衣服や勉強道具など、バカンスへ持っていった大量の荷物は別送で送られてくる予定だった。それに加えて、ワインやルームフレグランスなどのかさばる土産品も一緒に送っている。

潤と泰生の親しい友人で仕事仲間の八束にも、当然土産を買ってきていた。酒が好きな八束のために、イタリアで厳選したとっておきのワインだ。

それを手渡し出来たらなと潤は考えたのだ。

「八束にやるのって確か六本くらいだったろ。そんな何本もいったい誰が抱えてアトリエまで行くんだよ」

「う、それはもちろんおれが持っていきますけど、でもでも、泰生も二本くらい抱えてくれないかなぁって……」

潤がちらりと隣を見上げると、澄ました顔の恋人と目が合う。面倒なお願いを口にしても大して嫌そうな顔をしないことに、潤は逆に何か嫌な予感がした。

「まぁ別に、おれが六本とも抱えてってもいいぜ。けど、当然報酬はもらえるんだろうな?」

「報酬ですか」

やはり来たと思いながら潤は恐る恐る訊ねる。と、泰生は色気のある流し目を送ってきた。

「ソーダを飲んで、何か口の中が冷たくなった。潤が温めろよ」

泰生は「べ」と舌を出してくる。赤い舌をエロティックにひらめかせる泰生に、潤はどぎまぎして首を振った。

「あの、でも……おれもソーダを飲んだから口の中は冷たいんですけど」

「おまえはまだ半分しか飲んでないだろ。でもおれは全部飲んだ。冷えてるのはおれの方だ」

その言い分はどうなんだろう……。

困惑するが、一度言いだした泰生が聞かないのはいつものことだ。特に、潤を困らせる悪戯《いたずら》をやめてくれた試しはない。

案の定、泰生は黒瞳に淫靡《いんび》な光を揺蕩《たゆた》わせて潤を見下ろしてくる。

「それに、これは報酬の前払いだろ。きっちり払ってくれないと、ただでさえ重労働なんだから割に合わねぇ。おら、早くしろ」

強引に押し切られて、潤は泰生と向き合うことになった。楽しそうにまた舌を出してみせる泰生に、潤は背伸びをした。泰生の舌にそっと自らのそれを触れさせると、確かにひんやり冷たい。ぬるぬると触れ合わせて、互いの舌が少しずつ熱を持っていくのを待つ。

「ん……」

同じ温度に変わったくらいで、泰生の舌に誘われるように口の中へ舌を滑りこませた。泰生の口の中の冷たさに、自らの熱が奪われていくのがわかった。それに背筋を震わせると、泰生の手が抱き寄せるように腰へと回ってくる。

「っ……ぅ、ん、んんっ」

爽やかなレモンと甘い蜂蜜のキスになる。

同じものを飲んだはずなのに泰生とキスをしてハニーレモンの味がより強くしたというのは、泰生のグラスに入れたハニーレモンのシロップが多かったのかもしれない。それとも、キスをしたことで潤の口の中の感覚が鋭くなったのか。

後者かな。何か、体がとろとろしてきた……。

ぐっと腰を抱かれながら、泰生の口の中で舌を絡め合う。とっくに泰生の体温は戻っており、それどころか熱さえ持ってきたのに、泰生も潤もキスをやめられなかった。

「んーんっ……っは」

「ん、何か別のこと考えてんだろ、潤」

キスを解いた泰生に指摘されて、思わず目を逸《そ》らす。そんな潤を問いただすように泰生は唇に小さなキスを繰り返してきた。

「おれとのキスの最中に、何考えてんだよ。生意気だろ」

「や、違う。あ…あぅっ、泰生とのキスがハニーレモンの味がするなって、やめっ……あっ」

さらには足の間に泰生が腿《もも》を割り入れてきて、潤はたまらずつま先立ちになる。敏感な部分をぐっと押し上げられて、腰が震えた。

「かーわいい。ハニーレモン味のキスって、中学生かよ」

「んんっ。だっ…て、ハニーレモンソーダを飲んでたんですか…らっ」

潤も長袖カットソーにゆるっとしたズボンという薄手の部屋着だ。潤の反応を面白がる泰生に卑猥《ひわい》に腿を動かされると、刺激はダイレクトに伝わってくる。

泰生の腿を止めようと潤は手で押さえるが、淡い快感に満たされているせいかろくに力が入らなかった。甘やかな痺《しび》れは潤の肌をあわ立たせて、体温をどんどん上げていく。体は浮き上がりそうになるのに、腰は重く疼《うず》いてしまうのだ。

正反対の体の変化に頭がくらくらした。

「ぁ、だ…ぁから、ダメ……って」

うるうると自然に潤んでしまった目でやめて欲しいと泰生を見て首を振る。しかし、その瞬間にまたひくんと腰が淫らに跳ねて、泰生が小さく笑った。

先ほどまでけだるそうだったくせに、今恋人の目は楽しげにキラキラしている。

鳥肌が立つような快感はゆっくりと、けれど確実に潤の体と意識に絡みついてきた。

「それに一ヶ月ぶりに日本に帰ってきたんだ。お帰りのセックス、するべきだろ。しかも新しくなった部屋での初セックス。これは念入りにする必要があるよな?」

「そんなの屁理屈《へりくつ》――やっ、あっ、ぁ……」

泰生の足の動きはストレートに潤を刺激するものへ変わってきていた。ゆるゆるとした動きなのに力強く潤の股間を押し上げていく。時にぐっと力がこもると、潤の腰ははしたなく痙攣《けいれん》して甘い声がこぼれた。

「やぅっ……ん、んっ」

自分の欲望がすでに昂《たかぶ》っているのを意識する。それを押しつぶされるせいで、とろりと先端から涙がにじみ出る感覚さえした。

恥ずかしくて、気持ちよくて、潤は泰生を見上げたままもう何度目かの首を振る。

「ダメ、ダメ…っ、泰生っ」

「あー、見てるだけでクる……」

顎を突き出して熱い息を吐く潤に、泰生は唇が乾いたようにぺろりと舌を動かした。

そうして思い出したように潤のカットソーの裾から中へと手を潜りこませる。すっかり温度を取り戻した泰生の手がのっぺりとした腹に当てられただけで、潤は官能に体を竦《すく》ませた。

「んーゃ、や、しない……でっ」

泰生の熱い手で肌を探られると膝が震える。シンクに背中を押しつけるようにして何とか立っているけれど、それもだんだん難しくなると残る支えはひとつだけ。淫猥に潤を翻弄する泰生の足のみだ。強引に膝を割られて差し入れられた腿は、いやらしく潤の欲望を揉《も》みこんで押しつぶしてくる。そんな泰生の足から逃げたいと思っているのに、その足に縋《すが》らなければ今の潤は立っていられなかった。

「あっ、あぅぅっ」

泰生の指先が潤の胸の尖《とが》りを探り当ててしまった。しこった乳首を掠《かす》めるように触れられただけで、じゅんと腰が甘く痺れる。

仰《の》け反《ぞ》るような強い快感に、潤は泰生の腕を強く摑《つか》んだ。

「相変わらず快感に弱ぇな。足だけでいくか？　おれを置いてけぼりに？」

「ぁ、あっ……だって、や、やっ、強……いぃっ」

腿を強く押しつけながら乳首を指先で捻《ひね》られると、潤はたまらず悲鳴を上げる。

「はぁ……すげぇいい声。おれまで鳥肌が立つ」

そう言って、ようやく泰生が足の間から腿を抜いてくれた。

「あー我慢出来ねぇ。……っと、しっかり立ってろよ」

その場にしゃがみそうになる潤を片手で抱き上げてくれた泰生だが、もう片方の手でなぜか潤のズボンを引き下ろしてしまった。潤の股間はすでにびしょびしょに濡れていた。空気にさらされたせいで、濡れたそこがひんやりして羞恥に顔が熱くなる。

「泰生、何を……?」

シンクに潤を立たせたまま、泰生はその場にしゃがみこんだ。ぎょっとする潤を、泰生は意地悪そうな顔で見上げてくる。

「やーらしーなぁ、潤は。もうこんなに濡らして」

口調は軽かったが、そこにははっきりとした滾《たぎ》りがあった。その熱を感じて潤がぶるりと顎を震わせたとき、泰生が顔を近付けてくる。

「いやっ、や…です、ぁ……んん――……っ」

頭をもたげた潤の欲望に、泰生の唇が触れた。瞬間、潤は声にならない嬌声《きょうせい》を上げる。

圧倒的な快感に潤の体は甘く痺れていく。恥ずかしいほど腰が震えた。痙攣にも似たそれは腿からさらに足先へと移っていって潤を苦しめる。

欲望が一気に弾けようとするが、それを上手《うま》くコントロールするのは泰生だ。潤がいきそうになると甘い痛みを施し、途切れそうになると甘やかすように舐《な》めしゃぶられた。

「ひ、ぁっ……やぅっ」

熱を持つ潤の欲望を口にする泰生は、そのまま潤の足を強引に開かせてさらに奥に触れようとする。いつもは秘している箇所に泰生の指を感じて、潤は全身に鳥肌を立てる。

「すげぇ、奥までとろとろ。これじゃあまりほぐさなくてもいけるか?」

泰生の声は熱く掠れていた。

泰生も興奮している。そう思うだけで、潤の体もさらに昂っていく。

敏感になっている先端を舌先で抉《えぐ》られて、熱い口ですっぽり咥《くわ》えられて、潤は何度も背中をくねらせた。泰生の言う通りに潤の秘所はすでに柔らかくほぐれていて、大した抵抗もなく泰生の指を飲みこんでいく。

「んんっ、やぁ…っ、ぃやっ」

自らの中に沈みこんでいく硬い指の感覚に潤は唇を噛《か》む。けれどすぐに声を我慢出来なくなって口を開いてしまった。

「はぁ……突っこみたくて頭くらくらしてきた」

そう言いながら泰生がようやく体を起こしてくれたとき、長引かされている快楽のせいで、潤は息も絶え絶えになってしまっていた。

「ん、うま……」

立ち上がった泰生は、シンクに置いたままだった潤の飲みかけのハニーレモンソーダを飲んで目を細める。そうしてもう一度ぐっと呷《あお》って、潤にも口移しで飲ませてくれた。

喉を駆け下りていく炭酸に、ようやく少し声が戻ってくる気がする。

「ん、は……はぁ」

目を合わせた泰生はそんな潤を確認してニッと笑った。まだまだこれからだぜというような悪戯っぽい眼差《まなざ》しを見ると心が甘やかなもので満たされていく感じがした。

う～、たまらないなぁ……。

「んじゃ、お楽しみの再開と行こうぜ」

そうして泰生は、快感に痺れて自由にならない潤の体を手取り足取り勝手に動かし始める。シンクに前向きに立って縁を握らされ、がくがくと震える足は大きく開かされた。その腰を、泰生の手に支えられる。

「足、力入れとけよ」

言われて潤が足にもう一度力をこめたとき、泰生の熱い塊が腰の奥に触れた。そのままぐぅっと押し入ってくる。

「っ……ん、んっ」

蕩《とろ》けたはずの粘膜もさらに押し開く泰生の怒張は苦しいほどで、感じる熱は内側から灼《や》き尽くされるかと怖くなるほど熱かった。

「く……っぅんん」

「やっぱ少しきついな。でも、すげぇ気持ちいい……っう」

うっとりしたような泰生の声に、潤は背中が震えた。震えは、潤の中にいた泰生に変に伝わったらしく、背後から色っぽい呻《うめ》きが聞こえてくる。

「ったく、最初からいやらしく締めんな。こぉら、潤」

「ぁ、あっ、まだ揺ら……ない……っで」

「うあっ、ちょ……気持ちよすぎて止めらんねぇ」

潤を注意するために腰を揺らした泰生だが、動きは止まらずどんどん速くなっていく。張った先端で強引に奥まで押し入れて、同じ強さで引き抜かれる。敏感な箇所を擦《こす》られると腰は淫らに跳ねてしまうけれど、泰生の手はそんな動きを力で捻《ね》じ伏せて、より甘く激しく潤の体を蹂躪《じゅうりん》していった。

「くぅんっ、ぁっ――――…」

全身から汗がふつふつとわき上がってくる。つ、とうなじを滑っていくそれを泰生の舌に舐め取られる刺激にさえ、潤の体は電気が走ったように顕著に反応した。

強い律動に腰を戦慄《わなな》かせ、背中をくねらせて足を震わせてしまう。苦しいほど熱くて怖気立《おぞけだ》つほど甘い官能は潤の思考まで蝕《むしば》んでいくようだ。

「っは、おまえ……蕩ける」

泰生の声のしたたるような甘さに、首筋の肌がざっとあわ立った。

「んんっ…やぁ……っ、ぁ、あ、あっ」

気持ちよすぎて、シンクを握る手に力が入る。背中にのしかかってくる泰生も潤の腰を摑んで支えてくれるけれど、自らの震える足はもうほとんど用をなしていない。

泰生が打ちつける太い楔《くさび》で、衝《つ》き上げる激しさで、何とか立っていられるのかもしれない。

「あー、あーっ」

深くまで入れられた怒張で今度はゆったりかき混ぜられて、潤は涙をこぼしながら叫んだ。

自分の深いところがトロトロと蕩けて甘い蜂蜜にでもなったような気がした。そこに泰生が太い杭《くい》を差しこんで強引にかき乱していく。体の中からぐちゃぐちゃにされるような被虐的な感覚は頭の先まで鳥肌が立つほど気持ちよかった。

「も……もぅやっ、も……ダメぇっ」

「っ……いいぜ。んじゃ、二回目はせっかくだから畳の上でな？」

泰生が何か言っているのはわかったけれど、もう頭では理解出来なかった。潤はただただ頷いて、快感の解放を願う。

「ほら、いいぜ。いかせてやる――」

泰生の手がきつく腰を握った。そうして、律動がさらに激しくなる。

勢いよく押し入れて強く引き出される。甘く揺らして鋭く抉られた。

「ひ……ぁ、あっ、あぅっ」

そんな泰生にあっという間に高みへと連れていかれる。

シンクを握った潤の手を上から泰生が握ってきた。潤に覆い被《かぶ》さるように背中にのしかかってくる泰生に、体ごと揺さぶられた。大きな律動になって、潤はたまらず嬌声を上げる。

そんな潤を甘やかすように耳朶《じだ》にキスをされた。いやらしく舐められて咥えられて。

「潤、ほら一緒だ」

「ん、ん――……っ」

泰生に耳朶を噛まれた瞬間、真新しいシンクの壁を潤は精で汚してしまった。一拍遅れて泰生が吐精したのを感じて、潤の体はもう一度大きく震えた。


「それじゃ――まずは、来年の一周年記念イベントの成功を祈って。そして潤くんが届けてくれたイタリアンワインに感謝して、カンパ〜イ!」

陽気な八束の乾杯の音頭に、テーブルのあちこちからグラスのぶつかる音がした。潤も隣に座る泰生にワインの入ったグラスをカチンとぶつける。

秋の気配が深まってきた十月の初め、潤たちは新進気鋭のファッションデザイナーである八束のアトリエで、飲み会に参加していた。

演出家としての泰生は、現在は八束のファッションブランドのトータルプロデュースを請け負っている。ブランドの方針も含めてショップに置く服や小物などの方向性に揺らぎがないかのチェックをしたり、今月末に控えたハロウィンや年末のクリスマスなどのイベントでちょっとしたサプライズを提案したりしているが、そんな泰生の仕事も来年の三月に予定している一周年記念イベントを以《もっ》て終了となる予定だ。

今日はそのイベントの話し合いに、事務所スタッフの黒木《くろき》やレンツォと一緒に八束のアトリエを訪れていた。プライベートでも親しくしている八束とはバカンス後に初めて会うため、事前に連絡をした際イタリア土産のワインを持っていくと潤が言うと、飲むのが大好きな八束のアトリエスタッフが聞きつけて急きょ飲み会をしようということになったのだ。

題して、棚から落ちてきたイタリアンな夕べ、らしい。

ネーミングのユニークさに、潤は乾杯のグラスを舐めながら笑みがこぼれる。

「イタリアワインも本当に美味しいね。それもこの赤が気に入ったな。すごく好きだよ」

今日はシャツにデニム、ジャケットだけはベルベット生地のきちんとしたものを着ている潤の席はテーブルのほぼ真ん中、泰生の隣だった。そして泰生と反対隣に座るのは、潤へいつも変わらず細やかな好意を向けてくれる八束である。さらりとした長めの髪を無造作にひとつで結んだ八束は中性的な美貌の男で、つい先ほど乾杯したばかりだというのにもう何杯もグラスを空けたのか、柔らかな目元はうっすら赤く染まっていた。

「そう言っていただけると嬉しいです。この赤ワイン、実はイタリアの友人が分けてくれたとっておきなんですよ。生産数がとても少ない家族経営のワイナリーのものだからちょっと渋られたんですけど、美食家のコンテッサ——友人のお眼鏡に適《かな》ったワインなら間違いないってお願いしたんです。その、おれはあまりワインには詳しくはないので」

「うんうん。ぼくのために苦労して手に入れてくれたんだね。嬉しいな、美味しいのはだからかな。潤くんの愛の味がする。しっとりと甘いね?」

「……甘いですか?」

白シャツに上品なカーディガンを羽織った優しげな大人の雰囲気の八束だが、熱烈でロマンティックなしゃべり方はイタリア人やフランス人に近いのではと潤は思った。特にこうして酔っ払ったときの八束は圧倒されるほど情熱家である。

「泰生と一緒だったのは気に入らないけど、潤くんのバカンス話はぜひ聞きたいなぁ。どんなところへ行ったの? 一ヶ月も何してた? あ、潤くんも酔わなきゃね。さぁ、飲んで飲んで」

心持ち潤へと身を乗り出してくる八束はさぁさぁとグラスになみなみと赤ワインを注いでくれる。が、今日はそんなに飲むつもりはなかった潤が困惑していると、そのグラスを隣から伸びた泰生の手が掬《すく》い上げた。

「こぉら、八束！　潤は明日も大学があるんだから、あまり飲ませんな」

「あぁ～、それは潤くんの～！」

八束が声を上げる中、泰生はそのままぐいっとワイングラスを空けてしまった。助けてくれたのは嬉しいけれど、その飲みっぷりのよさには少しだけ心配になる。

バカンスからひと月ぶりに帰ってきた日本で、気心の知れた八束たちと久しぶりにこういう機会を持ったのがどうやら泰生はとても嬉しいらしい。Tシャツにタイトなライダースジャケットというちょっとワイルドな格好の泰生だが、八束と今度は別のくだらない話題で笑い転げる様子はいたってフランクで楽しそうだった。

そんな泰生に、潤もつられて楽しくなってくる。

「それにしても一ヶ月もイタリアに住むなんて、潤くんはけっこう大変だったんじゃないっすか。イタリア語はダメだったすよね？　ちょっと話せるくらいじゃやっていけないって、おれも実際にイタリアへ行ってしみじみ実感したっすからねぇ」

八束のアトリエスタッフの田島《たじま》が、潤の斜め前の席から身を乗り出すように話しかけてきた。

まだ学生かというようなカジュアルな格好をした田島とは、今年一月に仕事絡みでイタリアへ一緒に行く機会があった。行く前は現地での会話は任せてくれと言っていた田島だが、実際にネイティブな言葉に触れて自分の語学レベルはまだまだだと痛感したらしく、今は初心に返ってイタリア語をブラッシュアップ中だという。

しゃべり方は独特で、ストリート系ファッションを好むような軽い見た目の田島だが、仕事にはどこまでも真摯で勉強家でもある彼を、潤はとても尊敬していた。

「それは大丈夫でした。現地でお世話になっていたのはフランス人だったので、ほとんどフランス語での会話だったんです。だから言葉ではあまり困ることはなかったというか。それにイタリア語も勉強したかったので、外出のときにチャレンジしたりしてちょうどよかったなって」

「まー、そっすよねぇ。泰生さんだから、潤くんが苦労するような場所には最初から連れてかないか。でもフランス語だけで会話するって、それはそれですごいっすけどね」

「悪いがな、田島。潤はもうイタリア語もペラペラなんだぜ。うちの事務所じゃ、最近はイタリア語が公用語ならぬ社用語になってんだ。なぁ？」

隣から泰生が、潤の肩に手を回して話に加わってきた。まるで自分の手柄のように潤と視線を合わせてくる泰生はしごく朗らかで、やはり酔い始めているようだ。

「何すか、それ。意味わかりませんっ。潤くんって今年の一月にイタリアへ行ったときはほとんどしゃべれなかったっすよね？　え、じゃ、たった九ヶ月でしゃべれるようになったんすか。うっわ、信じらんない。頭よすぎっすよ、潤くんは」

「いえ、先生がよかったんです。レンツォが熱心に教えてくれたし、今も泰生が言ったようにうちはスタッフ全員がイタリア語を話せるので、おれの勉強のためにって事務所内ではイタリア語でしか話さないって時間を何回も作ってくれたので」

名前が聞こえたのかテーブルの端から顔を向けてきたレンツォへ、田島が身を乗り出す。

「レンツォさん、おれも！　おれにもレッスンしてくださいっ。ぜひイタリア語がしゃべれるようになりたいんす。学校には通ってるんすけど、なかなか上達しなくて」

熱心に頼みこむ田島だが、レンツォは素っ気なく首を振った。

「ノ。ぼくは基本的に女性にしか尽くさない人間だから君はダメ。潤くんは特別だよ。男でもキュートだし性格もぼく好みの素直さだからね」

「おれも性格だけは素直っすよ！　絶対レンツォさんの特別になれるっす」

「ノノノ！　ぼくが嫌だよ、君が特別なんて。見てよ、さとみ。今ので鳥肌が立ったよ」

心底嫌そうな顔をして、レンツォが隣に座る黒木へと身を寄せている。

癖のある黒髪に彫りの深い甘い顔立ちのレンツォはイタリア人と日本人のハーフだ。色気のあるイタリアファッションを身に着けて、性格もまさに巷《ちまた》で言われるイタリア男そのもの。子供から老人にいたるまで女性には余すところなく優しく、妙齢の女性へは口説くのが礼儀と考えるような恋多きレンツォだった。そして、今は同じ事務所スタッフである黒木さとみが気になるらしく猛烈にアタックしている。

しかし黒木はというと、以前イタリアで働いていたせいか、イタリア男性というものに並々ならぬ不信感を抱いているようだった。イタリア男性が口にする愛はいつだって熱くて本気だが、翌日にはその愛もあっさり冷めて他の女を口説き始めるのだと頑強に言い張り、レンツォの言葉を本気にしない。実際、レンツォは会う女性すべてに歯が浮くような甘い言葉を囁《ささや》くのだから、それを目の前で見せられる黒木に信じる気持ちが起きないのもわかる。

黒木に振り向いて欲しいなら他の女性への接触をやめればいいのではと潤は思うのだが、根っからのフェミニストであるレンツォにとってそんな感覚は存在すらしないらしい。

ただ二人の相性自体はそう悪くなく、泰生に言わせると恋人になるのはもう時間の問題で、あとは黒木がレンツォの言動をどこまで許容出来るかにかかっているらしい。

恋愛って本当に難しいなと、潤は二人を見るたびに思う。

「潤は確かに頭はいいけど、天才ってわけじゃないぜ。単に努力家なんだ。あと、根っからの勉強好きってヤツだな。暇になったら、潤は真っ先に参考書を開くような人間だから。信じられるか？　今回のバカンスにも、今度はロシア語を勉強するんだって教本を何冊も持ってったんだぜ。実際きれいな海を目の前にして勉強ばっかりやっててさ。結局、簡単なロシアの本だったらもう読めるようになってんだから、すげぇよな」

黒木とレンツォの関係に思いを馳《は》せていると、潤の頭に泰生の大きな手が載せられた。

「は～、今度はロシア語っすかぁ。泰生さんの事務所に就職するのはもう決定で、おれなら残りの大学生活は遊んですごすのに、そこで楽しようとしないのが潤くんすね。ただ何か、苦労を苦労とも思わずさらなる苦境へ飛びこんでいく修行僧みたいっすよ」

田島の感想を聞いて、泰生が大きく噴《ふ》き出した。潤に向かって悪いと言いながらも、腹を抱えて大笑いを始める。潤は複雑な思いで田島と泰生を見るが、なぜか八束はウキウキと潤へと身を乗り出してきた。

「そっかぁ、潤くんって苦労を好きで背負いこむマゾヒストだったんだね。ふふ、ぼくと相性ぴったりだ」

「う……」

それは確かに勉強に関しては小さい頃からの習いで中途半端なことはしたくないって、とことん自分を追いつめる傾向があるからそう言われても否定は出来ないけど、でもっ！

潤は妙に焦った気持ちで八束に向き直る。

「あのっ、おれは単に勉強が好きなだけなんです。読書が趣味とかスポーツ観戦にのめりこむ

とか、本当にそんな感じで。それに芸術的な感性があまりないおれは、泰生の仕事を皆とは違う方面から支えたいなと思ってて、それでまずは語学を修得しようって。でも決して修行僧になるつもりも、マ…マッ…マゾヒストであったりもっ、そんなんじゃないですっ」

言葉を口にすることさえ恥ずかしくて真っ赤になる潤の手を、八束が目をキラキラ輝かせてぎゅっと力強く握ってきた。

「やっ、八束さん……？」

「う～、今のはゾクゾクしたぁ。潤くんの口から『マゾヒスト』なんて言葉が聞けるなんて！もっと何か言わせてみたいな。直接的な言葉、言ってみない？　ダメかな、ダメ？」

「おいこら八束、おまえ、テンション高すぎ。おまえの嗜好《しこう》が特殊なのはわかったから、潤まで巻きこむな。だいたい潤が相手なら、おれが教えこむのが筋だろ!?」

「は……？」

そんな八束の体を、潤の肩越しに泰生が強引に押しやってくれるが、言っていることは少しおかしい。潤を挟んで酔っ払いのような押し問答を始めた泰生と八束にハラハラしていると、それまで黙って話を聞いていた黒木が話しかけてきた。

「でも確かに、潤くんは自分を追いつめすぎている気がするわね」

顎のラインで切り揃《そろ》えた黒髪を揺らして、黒木は頬杖《ほおづえ》をつく。

「実際、言葉が話せるのは武器よ。特にこれから世界へ出ようっていうボスのアシスタントとしてはね。でも学生の今からそこまで頑張《がんば》らなくてもって思うのよ。イタリア語にしても、上達速度は目を見張るけれど、それだけ勉強したのかと思うとちょっとねぇ」

ワイングラスの縁をきれいにマニキュアが塗られた指先でクルクルと辿《たど》るしぐさは何かとても女性らしくて、潤は束《つか》の間《ま》見とれた。

「それに、もっとたくさんの経験をした方がいいと思うのよ。勉強も大事だけどそれ以外の、学生である今だからこそ出来るようなこと、例えばそうね……」

「バカ騒ぎをしたりバイトを幾つもかけもちしたりっすか？」

黒木の言葉を引き継いで田島が茶目っけたっぷりに話に乗ってくる。

「そっすよね、確かに潤くんにはそういう羽目を外すようなのが足りないっす、うんうん」

「何が『うんうん』だよ。必要ないでしょ、潤くんにそういうのは」

「だな。潤がやりたがるとは思えねぇ、特にバカ騒ぎなんか」

それまで小競り合いをやっていたはずの泰生と八束が息の合ったタイミングで田島の発言に反応を示した。

「え～、八束先生の『必要ない』は、単に潤くんにそんな時間があるなら自分と遊んで欲しいってだけですよね？」

「よくわかるね、田島。さすがはぼくのアシスタントだ」

「そんな先生の気持ちがわかってても嬉しくもないんすけどー」

軽薄に返事をする田島に、テーブルの皆が笑う。

潤はというと、今の黒木の話は興味深くて続きが聞きたかった。ちらちらと黒木の方を見ていると、そんな潤の視線に気付いたレンツォが話を継いでくれる。

「さとみが言いたいこと、よくわかるよ。さすがの観察眼だよね。それに、田島くんの言うこともそれほど外れてないでしょ。潤はさ、勉強が出来て頭はいいんだけど、人としてはアンバランスというか、ちょっと危なっかしいんだよね」

「アンバランス、ですか？」

「そう。もしくは、未知数——」

不思議に思う潤に、レンツォはワイングラスを握る指先で潤と泰生を交互に指した。

「原因はきっと泰生との関係性にある。別にそれが悪いと言ってるわけじゃないって最初に断っておくけど——潤ってさ、真面目ないい子ちゃんだよね。それは、主に泰生のせいだって思うんだ。大事に囲いすぎた、言わば温室育ち。ちょっとした箱入りというか。何か理由があるらしいけど、これまでずっと泰生の庇護下《ひごか》にあって、それこそプライベートでもビジネスでも、潤は泰生に守られてきたでしょ。大げさに言えば雛鳥《ひなどり》を守る親鳥のような泰生の羽の下から、潤は一歩も外へ出ていないんだよ」

　レンツォの言葉を、泰生は頬杖をついて聞き入っている。

「そしてなぜか潤も、外へ出て行こうとしない。もしかしたらそんな自分の置かれている環境に気付いていないのかもしれないけど、そういうのってかなり特殊だと思うんだ」

　潤はもちろんひと言も聞きもらさないように耳を傾けていた。

「だからかな、ぼくからしたら潤はちょっと危なっかしく見える。一定方向に極端に傾きすぎているというか、余白が多すぎるというか。大学を卒業して社会へ出るにしても、入る会社はまた泰生のところでしょ。環境的にまったく変わらない箱入りのままなんだよねぇ。でもこれから先は長いし、いつも泰生ありきではいられないはずだ。その時、はたして潤はどうなるか。だからぼくとしては、今のうちに泰生の庇護下を外れたりいろいろ経験したりしてバランスをよくして欲しいという気持ちは強いね。知らない自分を知って、完成させて欲しい」

　温室育ち、箱入り、世間知らず、か。

　耳に痛い言葉だが、指摘されて初めて気付いた事実だ。

　複雑だった家庭から救い出してもらったせいもあるだろう。泰生に守られて大事にされて、潤としてもそれを知っているからこそ、そこから逸脱するような言動はしないように心がけてきた。泰生の庇護下から飛び出そうとも、ましてや冒険しようなど考えたこともない。もともと厳しく躾《しつ》けられたせいでいい子でいようとする意識は高く、引っこみ思案で大人しい性格であるのも原因のひとつだろう。

まさにレンツォが言う通りに『真面目ないい子ちゃん』だ。

そうして例え困難に陥っても、最終的に泰生が解決してくれていた。いや、逆かもしれない。泰生の庇護下にいて、ちょっとしたピンチに遭遇することはあっても壊滅的なダメージを受けることは絶対にないのだ。それくらい泰生の存在は偉大で強烈なのだから。

だからこそ知らず知らずのうちにアンバランスになっていたのか――――？

「痛いとこ突いてくるぜ、レンツォは」

考えこむ潤に対して、泰生がガシガシと頭をかいた。そんな泰生にレンツォは飄々《ひょうひょう》と肩を竦めることで返事をする。気付けばテーブルに座る皆の視線が潤たちに集まっていた。いつの間にか聞き入っていたらしい。

「まぁ、確かに潤はちょっとした箱入りだよな。そういう風におれが育ててきたから否定もしない。だが、それも潮時なのかね」

泰生は、ちゃんと自覚があったらしい。しかしそれより何より――。

「泰生？」

あーともうーともつかぬ呻き声を上げている泰生に、潤は少しだけ不安になった。まるでこれまでずっと繋いでくれていた手を急に離すと言い出すような流れや雰囲気を感じてしまい、心臓が早駆けを始める。

いや、このままではいけないことを自覚したのだから、いわば独り立ちすることは必須なのだが、あまりにも急すぎて当惑してしまう。

そんな潤に、しかし泰生がいち早く気付いた。笑って、くしゃりと頭を撫《な》でられる。

「んな不安そうな顔をするな。別におれだって放り出す気はないぜ。今の潤との関係を、誰かに言われたからって変えるつもりもないしな」

その手の優しさにようやく胸の冷えが止まった。

「ただ、一度どっか他のところで世間の荒波に揉まれるのも潤の成長には必要かもなって話だ。ほら、あれだあれ――可愛《かわい》い子には旅をさせろ？　今のままだと視界が変に狭まる可能性だってあるからな。潤が片寄りすぎだって言われるのも、まぁわかるし」

「泰生……」

「ただおれはそういう不器用な潤が気に入ってるんだが」

何かすごいことを言われた気がして顔が熱くなる潤に、田島がさらに追い打ちをかける。

「泰生さんって、潤くんに関してはほんと本音を隠さないっすねぇ。もうべた惚《ぼ》れ」

呆《あき》れたような冷やかしに、泰生はにやりと唇を歪《ゆが》めるように笑った。

「レンツォは無遠慮すぎるのよ。私はもっと学生という今の時間を楽しんだらって意味の方が強かったんだけど――でもボスの言う通り、今の守られている環境でいろいろ経験するのはいいのかもしれないわ。演出という仕事とは違う世界を見たりね。私も前いた職場のスキルや感覚が今の仕事に役立っているのは実感するの。レンツォなんて、特にそうでしょ？」

「まぁね。以前ぼくが関わっていたのはクリエイティブな仕事だったせいか、方向性が同じ今の仕事は似た部分が多くてやりやすいね」

黒木は以前イタリア車メーカーに勤めており、レンツォも有名な広告代理店で働いていた経歴を持つ。二人とも演出とは違う職場での経験が今に役立っているという話は興味深い。

泰生が仕事とする演出は、請け負う案件ごとに仕事内容が大きく変わる。

例えば今請け負っているのは八束のブランド『Laplace《ラプラス》』のトータルプロデュースだが、その前に手がけた大きな仕事はブランドに新しく就任した靴デザイナーのお披露目《ひろめ》パーティーの演出である。フランスの有名ブランドということもあって大々的に行われたそれでは、パーティーのテーマを決めるところから始めてパーティー会場を手配したり前座のパフォーマンスを考えたり、そうしてパーティーの進行を見守るまでが仕事だった。

言わば『魅《み》せる』を作り出すのが演出の仕事であって、『魅せる』ものは仕事ごとに変わり、それによって仕事の内容も手順も大きく変わってしまう。

色んな経験を積めというのは、そういう仕事の難しさのせいもあるだろう。

ただ、そうかといって大学卒業後に泰生の演出の事務所以外に就職するつもりは今のところない。経験はしたいが、それはアルバイトとしてでもいいのだろうか。

潤が悩んでいると、田島が声をかけてくれた。

「だったら、インターンシップに参加したらどうっすか？　せっかく潤くんは大学生なんだし、それに潤くんの性格上バイトよりそっちっしょ」

「インターンシップって、でも確かあれは大学三年からじゃないんですか？」

「や、就活に意識の高い大学生は一年のときから行ってるらしいっすよ。おれの友人も大学二年のときにはもう参加してたっすね」

潤と一番年の近い田島だからこの場にいる誰より現役に近く、就職活動についても詳しかった。もともと泰生の事務所に就職するつもりだったせいか就活にはめっぽう疎い潤のため、インターンシップとはどんなものかも一から説明してくれる。

主に大学生を対象とするインターンシップは、参加することで――社会で働くとはどういう感じか、選んだ職業や会社がどういうもので自分とマッチングしているかなどが知れる、言わば職業体験の意味合いが大きいという。金銭を稼ぐことを第一とするアルバイトとはそこが違う点らしい。

「あと長期のインターンシップだと、大学の授業の時間をちゃんと配慮してくれるんすよ。だから無理のない範囲で、二ヶ月なら二ヶ月間大学に通いながら働けるようになってるんす」

「じゃ、潤もそれだな。少し長めに、じっくりやった方が潤には合ってる。そうしたインターンシップで学んだリアルなビジネスを、潤だったら今後の勉強に生かすことも出来るだろうし」

一緒に話を聞いていた泰生も大きく頷いた。潤も俄然《がぜん》やる気になる。

インターンシップに参加する間は泰生の事務所でのアルバイトはお休みすることになるだろうが、そんなに長い期間ではなさそうだし、スキルアップにも繋がるならぜひやってみたい。泰生の庇護から外れて自分だけの力でやっていく機会にもなるだろう。

「でも、インターンシップってどうやったら参加出来るんでしょう？　大学ですか？」

「今はネットでも探せるっすよ。就活サイトなんか見るといいっすね」

「けれどインターンシップもいろいろでしょ？　職種ももちろん吟味した方がいいし会社だって変なところに当たったらことだわ――あ、そうだわ。だったら」

ツンとした印象が強いものの本当は情に厚い黒木が、何か思い出したように声を上げた。

「インターンシップじゃないんだけれど、ボスのテリトリー外で働くという意味なら、今度の私の仕事のアシスタントをやってみるのはどうかしら？」

話を聞いてみると、十二月に一週間ほど、以前イタリアにいたときに黒木が親しくしていたデザイナー夫妻が日本へやってくるため、その間の通訳兼コーディネートを頼まれたようだ。演出の仕事とはまったくの別口で、そのイタリア人夫妻には世話になったために泰生の許可を得て副業として請け負った仕事だという。コーディネートなど聞き慣れない言葉だったが、説明を受けるとすぐに思い当たったことがある。

「以前、弟のユアンが仕事で来日したときにお世話してくれたのも黒木さんでしたよね。ユアンが日本でスケジュール通りに仕事が進められるように、あとプライベートでも快適にすごせるようにって黒木さんがいろいろ気を配ってくださったこと、おれ覚えています」

そうか、あれがコーディネートというものなんだ……。

合点がいったし、演出の仕事にも大いに役立ちそうだと潤は乗り気になったのだが。

「でも、おれが手伝うことでお邪魔になりませんか？」

有能な黒木ひとりでやった方が実際仕事も早いだろうし、自分がいることで黒木の仕事に余計な差し支えが出るのではないかと潤は心配になったのだ。

けれど、黒木は「今の潤なら大丈夫」と太鼓判を押してくれて潤は嬉しかった。改めて、潤は自分からお願いして仕事に関わらせてもらうことにする。

「だったら、ぼくのとこにも来てもらわなきゃ！」

潤たちの話が終わるのを待って、今度は八束も手を挙げてくれた。

「うちは規模もまだそれほど大きくないから、ひとつの仕事に皆が団結して取り組むんだ。きっとアパレル業界のことがよくわかるようになるんじゃないかな。インターンシップは実施したことはないけど、潤くんなら大歓迎だよ。ぼくが手取り足取り何でも教えてあげるからね！」

「八ぁ束！　だから、そういうのがいけないって話だろ」

しかし乗り気な八束に、泰生がストップをかける。

「黒木は別にして、潤に激甘の八束みたいな人間のもとで働かせても一緒ってことだ。甘やかされたり失敗しても目こぼしされたり、そんなんじゃ真の意味で社会を知ることにはならないだろ。八束のアトリエじゃ、潤のことを知らない人間はいないしな」

「そうっすよ、八束先生。潤くんに何か変な指示を出したら、叱られるのは絶対おれらの方になるじゃないっすか。そんなインターン生、こっちだって気を遣ってこき使えませんよ」

「何、田島。君って潤くんをこき使おうって思ってたわけ⁉」

「だ・か・ら、そうやって先生が潤くんに優しいのが問題だって話じゃないっすか！」

田島と言い合いを始める八束へ、泰生まで声を上げた。

「だいたい潤の働き先だったら、おれの方がいろいろ候補を挙げたいくらいだ。だがそれじゃダメなんだろ？　おれが我慢してるんだ。当然、八束にだって我慢させるぜ。つぅかさ、潤を取りこもうって手ぐすね引いてるような八束のアトリエに誰が行かせるか」

「何たる横暴……眩暈《めまい》がする。潤くん、こんなのが許されると思う？　ダメだよね、こんな独占欲メラメラの男なんて絶対ダメだよね？」

「ふん、横暴けっこう。独占欲メラメラ？　かっこいいじゃねぇか。潤だって、横暴で独占欲メラメラなおれがいいって言うだろ。なぁ？」

潤を揺さぶってくる八束も八束なら、潤の頭をグシャグシャとかき回し始める泰生も泰生だ。二人のおもちゃにされる潤は、困惑してテーブルを見回す。と、黒木と目が合ったのだが、すぐに逸らされてしまう。

「だったらレンツォ、あなたが探してあげればいいんじゃない。ツテも多いでしょう？」

それでも潤が助けを求めたのをスルーしたことに罪悪感を覚えたのか、黒木がもうひとつの解決策を見出してくれた。黒木に頼られて、レンツォが急に胸を張る。

「もちろんさ、さとみ。ぼくも最初からその気だったよ。何たって、ぼくこそが潤の先生だからね。さぁ、潤。どんな職種がいい？　マスコミも面白いけど、これからのことを考えるとファッション業界なんか勉強になるかな。じゃあ、八束さんとこじゃないアパレルはどう？　ハイブランドからファストファッションまで紹介出来るよ。大手ブランドのアタッシュ・ド・プレスとか美味しいんじゃないかな」

レンツォは頼もしくさまざまなツテを口にしていく。アパレルはもちろん、イベント企画会社や映像制作会社、日本のファッションを取り仕切るお堅い業界団体にいたるまで、レンツォの顔の広さを知る機会となった。

「設営関係はダメだろ。あそこの下っ端は力仕事ばっかだ。潤には酷だ」

「そうだよ、嫋《たお》やかな潤くんに椅子並べなんてさせたくない。ほら、やっぱりぼくのアトリエしかないよ。さぁ、ぼくのとこにおいで。何なら今すぐにでもぼくの胸に飛びこんでおいで！」

「確かに、雑務も事務作業がメインのところがいいわね」

「すごいっ！　レンツォさんのツテって全部女性なんすねぇ、尊敬するっす！」

そんなひとつひとつに、泰生や八束や黒木、果ては田島まで口を出す。潤はただただ彼らの論議を聞くのに一生懸命だった。

「Va bene《ヴァ・ベーネ》. 事務メインね。あぁ、だったら出版社もいいか。ガレス・ジャパンの編集部なんてどう？　信子《のぶこ》さんだったら無理も聞いてくれるはず」

さとみの指摘をすかさず拾い上げて了解とイタリア語で声を上げたレンツォは、スマートフォンの画面をスクロールしながらまた新しいところを提案する。

「あぁ、ガレス・ジャパンは悪くないな。何だ、レンツォは上水流《かみずる》女史と知り合いだったか」

レンツォの言葉に、泰生が一番にOKの声を上げた。

「信子さんは最近イタリアに傾倒してくれていてね、よく一緒に飲むんだ。んじゃ、泰生の許可は取れたってことで、潤は編集の仕事なんてどう？　ガレス・ジャパンは知ってるだろ」

「とても興味深いです。でも、そんなところがインターンシップをさせてくれるでしょうか」

ガレス・ジャパンというと、世界のファッション業界に多大な影響力のあるモード雑誌の日本版だ。本国はアメリカで、他にも十五カ国でその国独自のファッションやビューティーなどを特集して発行されており、ファッションを志す人間なら一度は読んだことがある雑誌だ。泰生の事務所『t.ales《ティアレス》』でも資料として世界各国のガレスの雑誌を定期購読している。

そんなファッション雑誌のバイブルと言われるようなガレス・ジャパンが、潤のような学生をインターンシップとして受け入れてくれるか、戸惑いの方が大きかった。

しかしレンツォは躊躇《ちゅうちょ》なくスマートフォンを操作して、知り合いの女性へ電話をかけ始める。

「Ciao《チャオ》! 信子さん。久しぶりにあなたのセクシーな声が聞きたくなってね。今話しても大丈夫？　ふふ、信子さんの声って電話で聞くといつも以上にすてきに響くな」

相手が女性というだけで、レンツォの声はとたんに甘やかさを帯びる。そんなプレーボーイぶりに、この場にいる意中の相手である黒木がへそを曲げないかと潤はハラハラするのだけれど、黒木本人はいたって普通の顔をしていた。レンツォと一緒にいたらこういう状況は日常だからかもしれない。

「ワォ、すごい偶然！　だったら、信子さんの力でその中にもうひとり押しこんでよ。ぼくの知り合いの子なんだ、個人的にイタリア語を教えていてね。違うよ、男の子。何でそう驚くの、ひどいなぁ。ぼくは誰にでも優しい人間でしょう？　うんもちろん、その子の優秀さはぼくが保証するよ。頭はいいし、英語の他にイタリア語と、それにフランス語もペラペラなんだ」

優しい口調ながら押しの強いレンツォの話を潤はドキドキして聞いていた。

「あ、いい？　Grazie!《グラッチェ》　信子さんは本当にキュートで頼りになるすてきな女性だよね。ますます大好きになったよ――」

話はとんとんと進んでいく。

偶然にもちょうど来週から、学生二人のインターンシップを予定していたらしい。そこに潤もねじこんでもらった。インターンシップの期間は一ヶ月間。基本的に撮影などがあるとき以外は編集部での仕事は昼から夜にかけてがメインで、大学の授業との兼ね合いを調整しながら働くことになるようだ。

「ガレスだったらおれの方がもっとしっかりしたツテを持ってんのに。何か釈然《しゃくぜん》としねぇ」

頬杖をついた泰生が、電話を終わらせたレンツォに不満げに言う。

「自分が関われないからって、そんなに不機嫌にならないでよ。だいたい泰生は自分の影響力が想像以上だって知るべきなんだ。特にファッション業界において、今の君は神に近いよね。

そんな泰生がインターンシップをねじこむより、ごく一般人であるぼくがお願いすることが大事なんだよ。潤が、どこにでもいるごく普通の学生として働けるようにね」

「わーってるよ。ところで、八束はさっきからえらく静かじゃねぇか。何かよからぬことを企んでんじゃねぇだろうな?」

「よからぬことだなんて。別にガレス・ジャパンで働く知人に連絡を取ってこっそり忍びこませてもらおうなんて、ぼくは全然考えてないよ」

「考えてんじゃねぇか~っ。しかもやたら具体的に!」

潤をネタにしてたびたび交流する泰生と八束の仲のよさに、潤はそろそろヤキモチすら焼いてしまいたくなる。

こういうかけ合いを楽しんでるんだろうけど……。

「は~、うちの先生って本当にぶれないっすねぇ。でも、この業界で潤くんの顔ってもうけっこう知られてないっすか? 特にガレス・ジャパンみたいなハイブランドとの仕事が多い出版社となると、潤くんを見たことがあるって人間がいるかもしれないっすよね」

「おれがですか? まさか」

羨《うらや》ましく泰生たちを見ていた潤に、田島が話しかけてくる。

「いやいやいや。だって、潤くんって泰生さんに連れられてよくパーティーへ出席してるじゃないっすか。おとといだって、代官山《だいかんやま》での新作時計のイベントにも一緒に来てたっすよね」

「田島さんも、あのパーティーに来てたんですか？」

「いたっすね。でもってあの目立つ泰生さんが上機嫌で連れ回す潤くんには、おれの周りにいた人たちもあれは誰だって声が大きかったすよ。それに加えて『あぁ、いつものあの彼か』って反応も少なからずいたんす。それって潤くんの顔がもう知られてるってことっすよね」

「うん。業界で潤くんの存在は密かに有名だよね」

潤たちの話に、八束も加わってくる。

「一時期は鳴りを潜めていたのに、ここ一年ほどは泰生があちこちのイベントやパーティーに潤くんを連れ回してるから当たり前だよ。泰生と仕事をするハイブランドの広報なんかはもう情報を押さえてるんじゃないかな。ぼくの耳にも別口から何度も入ってきているしね。あと潤くんが演出家・泰生のアシスタントだってことも最近知れ渡ってきているかな」

何だか恐ろしい話に、潤は震え上がりそうになる。難しい顔をした八束は言葉を途切らせると、一度「うん」と大きく頷いた。

「そうか、これは由々しき事態だね。潤くんが泰生とプライベートで親しいなんて話が仕事先に知られたら、インターンシップが台なしになっちゃうよ。せっかくぼくが潤くんの受け入れを我慢したんだから、その代償はしっかり払ってもらいたいね」

そうして八束は、泰生に大事なことを教えるように立てた人差し指を突きつける。

「いいかい、泰生。君は例え仕事先で潤くんを見かけても近付くのは禁止だからね。これは潤くんのためなんだから、いつもみたいに自分勝手はダメだよ。あ、もちろん潤くんも知らんぷりするんだ。それに、潤くんが泰生の事務所でバイトしてることも言っちゃダメだからね」

黒の粒子を振りまきながら、八束がやけににこにこした笑顔で潤と泰生に酷なことを突きつけてくる。けれどそれには黒木も口添えしてきた。

「そうね、バイトの件は特に秘密にしないといけないことだわ。『t.ales』で働いていることは、自分で言うのも何だけどかなりのステータスよ。インターンシップ先で潤くんが働きにくくなると思うの。ボスと親しいとわかると、プラスにしろマイナスにしろどんな弊害が起こるかわからないわ。ごく一般的なインターン生として仕事を学びたいのであれば、対策はするべきね」

黒木の話に潤は大いに納得した。テーブルの皆も面白おかしくだが、万が一何か訊ねられたときの答え方や嘘《うそ》にならない程度の経歴の変更を潤のために考えてくれる。

「あと残るは……変装だな」

そうして潤の顔を見て泰生がぼそりと呟《つぶや》いた。すぐにいいことを思いついたとばかりににんまり笑顔になる。キラキラと輝き出した泰生の黒瞳に、潤は逆に背筋がひんやりしてくる。

「泰生……？」

「潤の顔が知られてるって言うんなら、隠せばいいんだよ。おい、八束。潤の変装グッズ、何かねぇ？　面白ぇの、いろいろ持ってるだろ」

「あるある、待ってて。何でも持ってくるから！」

それまでいがみ合っていたような二人が意気投合する。泰生の言葉に、八束は嬉々《きき》として席を立ったかと思うと、しばらくして大量の衣装を手に戻ってきた。多数のウィッグもあるのを見つけると、潤は慌てる。

「ちょっと待ってください、泰生。隠せって、変装って言われても」

「いいから、黙ってそこに座ってな。とびっきり面白くしてやるから」

泰生と八束の生き生きとした表情に、潤は反対に戦々恐々となる。

面白くしてもらう必要はないし、泰生自身が面白がってるだけじゃないのかな！

「見た目って大事だからね。この際、ファッションをまったくの別ものに変えてみるのも手だよ。印象が別人になるし。でも、先《ま》ずは定番のメガネ。あぁ、潤くん似合う〜」

八束はそれまで自分が座っていた椅子にどっかと衣装を置くと、ポケットに挿していた幾つかのメガネの中から黒いフレームのそれを潤の顔へかけてきた。度の入っていないメガネのため、視界にそれほど変化はないが、潤を見る皆の反応はさまざまだ。

「お、太フレームだから顔の印象は変わるな。ちょっと尖って見えるぜ」

「いいっすよ！　このやぼったい黒メガネでも潤くんのきれいな顔にかかると地味にならずにおっしゃれーに変わりますねぇ。ひと癖あるモード系って感じっす」

「主張が強すぎるか？　あー。もっとこう前髪で顔を見せない感じにすると、オタクっぽくなるかね」

　泰生の大きな手が潤の前髪をいじってくる。

「ならねぇな。潤は雰囲気そのものが美人系なんだよな。最近は特に美形なのが隠せねぇ」

　北欧系の外国人の母よりわずかに暗い栗《くり》色の髪と色を変える金茶色の瞳、顔立ちも日本風でないせいか、潤がハーフであることは簡単にわかってしまう。人と違うから印象に残りやすいのかと、潤は泰生にいじられた前髪に自身も触る。

「うふふ。そんな時には、じゃーん！」

　八束が次に手にしたのはピンク色をしたウィッグだ。

　髪がピンクなんてあり得ないと潤は思うのに、泰生の顔は楽しげに崩れる。

「いいじゃねぇか。ピンクなんてぶっ飛んでる。それ行こうぜ、潤」

「嫌です。そんなピンクの髪をしてる人なんていませんっ」

「ピンクは嫌？　だったらグリーンもあるよ。目も覚めるようなミントグリーン。きれいだろ？　撮影のときに使えるかなって準備したのはいいけど使わなくて、どうしようかなって思ってたんだ。役に立ってよかった」

「役に立ちません！　全然よくないです〜っ」

さらにあり得ない歯みがき粉の色をしたウィッグを見せられて、潤は泣きそうな顔で叫んだ。


「橋本《はしもと》くん、これを十部コピーしてくれる？」

「はい。急ぎですか？」

「五時からの会議で使うの。それまでに間に合えばいいわ」

「わかりました。先に頼まれた仕事があるので少し遅くなりますが、えっと……四時半すぎには準備しておきます」

コンビニ前のポストの回収時間が四時だから、先にそっちを済ませた方がいいよね……。

コピー取りの仕事を任せられたけれど、時計を確認して、潤は先に言いつけられていた宛名書きの仕事を済ませることにした。

インターンシップに参加して今日で四日目。潤はなかなか順調に仕事を進めていた。

初日は会社の説明や仕事の流れを座学で勉強して、二日目からはさっそく仕事に参加させてもらうことになった。といっても、潤たちインターンシップ生に任されるのは主に雑用だ。

今回インターンシップに参加するのは、大学三年生の女性が二人と潤のあわせて三名だ。

初めてインターンシップに行くことになった潤も緊張していたが、一緒に参加した女子大生の二人はそれ以上だった。いや、緊張と興奮半々といったところかもしれない。

「う〜、なんか今でも信じらんない。私がガレス・ジャパンの編集部にいるなんて」

一緒に宛名書きをしていた女子大生のひとり、長めのショートカットがよく似合う村田《むらた》が身震いするように小さく唸《うな》った。

「ガレス・ジャパンだよ！　ガレス・ジャパン！　今を時めくトップモデルのイザベラ・マキンやナタリー・ブランシュ、あのタイセイだって何度も載るようなファッション雑誌の最高峰の出版社で、私は今働いてるんだよ。ファッションエディターをやってるんだよ〜!?」

女子大生二人は働き出して四日目になっても、まだ興奮が覚めやらぬらしい。村田の言葉の中に泰生が出てきたことに少し驚いた潤だが、発言内容には同意する。

というのも、さすがファッション雑誌のバイブルとして名高いインターナショナルな出版社らしく、しゃれたビルの一角に居を構えていた。広い衣装室にはブランドから借りているのだろう服や靴、装飾品や化粧品の数々が廊下まではみ出して置かれており、そんな中を颯爽《さっそう》と歩くファッションエディターは皆おしゃれな人ばかり。さらに実際仕事を始めると、これから雑誌に掲載されるだろう記事や写真を目にしたり世界のトップブランドから何度も連絡が入るのを耳にしたりして、まさにファッション業界の先端を行くモード雑誌であるのをまざまざと実感するからだ。しかも編集部内では毎日のように華やかなパーティーやブランドの新作発表の場である展示会の話が出て、有名モデルを使った撮影の話し合いがすぐ隣で行われている。

そんなこんなを垣間見《かいまみ》て彼女たちも落ち着くどころか興奮がどんどん高まっているようだ。これまでブランドのパーティーなどで華やかな雰囲気には多少なじみのある潤でさえ、彼女たちにつられて気持ちが昂ってしまう。

「パーティーや撮影に、私たちもいつか行けるかな。楽しみよねぇ」

ゆるく巻いた茶髪をいじりながら、もうひとりの女子大生である郷司《ごうし》も小さく声を上げている。柔らかなシフォンのワンピースにカジュアルなジャケットを羽織った郷司は、スタッフとして働いている編集者たちと遜色ない華やかなスタイルだ。先ほど興奮の声を上げた村田も自身によく似合うパンツスタイルを好んで身に着けており、女性二人はさすがファッションエディターのインターンシップに応募するだけあってとてもおしゃれだった。

潤はというと、服装はビジネスカジュアルでと言われたので、きれい目のシャツにスラックス、それにカーディガンかジャケットを羽織って通っている。

そうして――。

「橋本くんのそのメガネって、もしかしてダテ？　度入ってる？」

「え、そうなの？　やだ！　よく見ると、橋本くんってすっごい美形じゃないっ。お人形さんみたいな顔。オタクみたいな髪形にだっさいメガネなんかかけてるから気付かなかったけど。何で美形を隠すの。普通反対でしょ」

先ほどから何かこちらを見ていると思っていた村田の言葉に、郷司が甲高い声を上げて潤を覗《のぞ》きこんでくる。潤は恥ずかしさに頬が熱くなった。

先週、八束のアトリエでの飲み会のときに潤は変装をするべきだという話になったが、その時に強行されたのがこの格好だ。少し太めの黒フレームのメガネをかけているのだが、長めの前髪を目に被せるような髪形は、泰生と出会う前の自分のそれによく似ているかもしれない。要するに何もいじってない真面目な雰囲気だ。インターンシップの初日、出がけに泰生が面白がってセットしてくれたもので、それからは自分ひとりで頑張ってやっている。

「あなたたち、おしゃべりより仕事に励んでね」

しかしそんな潤たちの騒ぎに編集スタッフが気付かないわけがない。注意の声が飛んできて、潤たちは慌てて口を噤《つぐ》んだ。

「よし、終わり。村田さんたちはもう少しかかりますか？」

三人でやっていた宛名書きは、ポストに投函《とうかん》するまでが仕事だ。まだ時間がかかりそうだったら先に頼まれたコピー取りの仕事をしようかと思ったが、もうちょっとで終わりそうなのでこのまま待つことにする。今日は雨が降っているせいで、外出を嫌がった郷司と村田の代わりに潤がポストへ行くことになっていた。

「えっと……コンビニ前のポストへ行ってきます」

皆の分のハガキを入れた紙袋を手に潤は立ち上がると、誰に言うともなしに声を上げる。

初日に働く上での注意事項を教えてもらったが、会社が変わると潤が知らない決まり事もあるようでなかなか新鮮だった。その中に、席を外すときはどこへ行くか出来るだけ口頭で伝えるようにというのがある。正式な編集スタッフになると、ホワイトボードにちゃんと現在地などを書くスペースが設けられているが、潤たちの分はない。そのせいもあるのだろう。

誰かが聞いているわけでもないのに、自分の行き先を声に出す行為はなかなか恥ずかしいが、決まり事なら仕方がない。

「橋本くん、あそこのコンビニに行くの？　だったらお願い、塩にぎりを買ってきて。今日来るときに売り切れてたんだ」

「悪い、おれにもタバコを買ってきてくれないか。もうすぐ切れそうでさ、頼むよ」

「ついでに、私のもいい？」

つい小さくなりがちな潤の声を、しかしスタッフはちゃんと聞いていたようだ。編集部からは十分ほどのコンビニへ行く潤に、各方面からおつかいの声がかかった。それをひとつひとつメモして、潤はようやく外へ出た。

「今日はジャケットにすればよかったな」

十月も半ば近くになると、雨の日は涼しいというよりヒンヤリとした寒さを感じる。背中に感じた寒気に体を震わせて、潤はカーディガンの前を両手であわせた。

ポストにハガキを投函してコンビニで頼まれたものを購入したあとまた編集部へ戻るが、こんな買い出しも仕事のうちに入るというのも不思議な話だと潤はつくづく思った。

職場が変われば、雑用も色んなものがあるんだなぁ……。

コピー取りや資料準備などこれまで『t.ales』でしていた雑用も多くあったが、撮影に臨むスタッフたちの弁当を事前注文したり出版社受付に置いてあるアロマディフューザーの香りを一日ごとに変えたりという不思議な仕事もあった。大量にコピーを取るせいか用紙の補充やトナーの交換を頻繁に行わなければいけないのも、この仕事独特の雑用かもしれない。

編集スタッフは皆忙しそうだし、こういう買い出しも率先してやるのってどうかな……。

今度からコンビニへ行くようなときは自分から何かないか声をかけてみようと足を速めた。

「島本《しまもと》さん、タバコはこれでよかったですか?」

「サンキューな。や、助かった。面倒な仕事をしてるときは、モクが切れるとつらいからさ」

先輩スタッフに頼まれたものを配り終えると、ようやく先ほど依頼されたコピー取りの仕事に取りかかれる。最後の島本へ買ってきたタバコを渡して、潤はホッと安堵《あんど》した。

「よし、タバコも補充されたしちょっと休憩するか。あー、何でジュリアンがいないときにフランス語の仕事が来るかな」

「へぇ、やっぱりフランス語の仕事もあるんですね」

辞書を放り出して立ち上がりかけた島本が、潤の呟きを聞いてはっと振り向く。

「そうか！　橋本はフランス語も出来るって話だったよな。これ、訳せるか？　意訳でいい。おれも少しは話せるが、文書になるとお手上げでさ。現役学生ならおれよりマシだよな？　フランス語、出来るよな？」

訊ねるというより懇願に近い聞き方をされて、潤は勢いに押されるように頷いた。見せてもらった原稿は、フランス・パリで行われたブランドのファッションショーについてだ。ショーのテーマや発表された服のことが書かれている。

ざっと確認して、潤はもう一度しっかり頷いた。

「出来ると思います。ですが、先に頼まれてるコピーの仕事を終わらせてからでいいですか？」

「もちろんいいよ、夜までに間に合えばいいから。いや、助かる！」

大喜びされて、潤は急いでインターンシップ生たちに与えられた机へと戻る。先ほどまで一緒に宛名書きをしていた村田と郷司は、今はガレス・ジャパンのバックナンバーを開いていた。

「お帰り、橋本くん。なんかいろいろ頼まれたみたいで、大変そうだったね」

こっそり労《ねぎら》いの声をかけてきた村田に大丈夫と首を横に振る。机に乗せられた大量のバックナンバーを見る潤に、村田はやる気に満ちた顔を見せた。

「あ、これ？　ガレス・ジャパンが好むスタイルの傾向を勉強しようかなってね」

ファッションに興味があると言っていた村田や郷司は、雑誌を読むだけでも勉強になるのだろう。ガレス・ジャパンは他のファッション雑誌より割高のため、年に四回出る新刊を毎回学生の身分で購入するのは難しいと口にしていた。

潤としては、ファッション雑誌を読むことで記事に書いてある以上の細かな流行を敏感に察して時流の感覚を身につけられる二人がとても羨ましい。潤が一番欲しているのが、そういうクリエイティブな感覚なのだから。

感心していた潤に、しかし内情をバラしたのは郷司だ。

「なぁんて、本当はやることがないだけよ。皆忙しいみたいで相手してくれないし、何かしてって指示もないんだから。あーあ、せっかくファッションエディターのインターンに来てるんだから、もっと大事な仕事にも関わらせてくれたらいいのに。つまんなぁい」

不満げに唇を尖らせる郷司に、潤はだったらと思いつく。

「二人って、確かフランス語はそれなりに出来るって言ってましたよね？　島本さんがフランス語の原稿を訳して欲しいって言ってるんです。ファッションショーの原稿だったし、意訳でいいそうだからやってみたらどうですか？」

テーブルの端に置いていたコピー原紙を取り上げながら提案してみた。

「あ、私パス。フランス語、ほんとはダメだから」

あっさり言う郷司に続いて、村田も渋い顔で首を振る。

「私も本当は苦手なんだ、フランス語。ガレス・ジャパンだったから、フランス語も出来た方がいいだろうって今回のエントリーシートには一応書いたんだけど……。でも、実はダメだってバレたらヤバイよね。ごめん、その仕事の件、私は聞かなかったことにしてくれる？」

「やぁだ、大丈夫よ。インターン生の私たちにそこまで求めないって」

そんな二人に潤は困ったように笑うと、今度こそコピー取りの仕事のために歩き始めた。


「おぉ、すごい。けっこうちゃんと訳してくれたんだ。うん、助かった。ありがとう」

最後の仕事を終えたのは、退社時間ギリギリだった。島本から依頼されたフランス語の文書を訳した原稿を持っていくと、感心したように頷いてくれる。

「ファッションの専門用語的な、けっこう特殊な単語の使い方もあったはずだけど、上手く訳してあるね。もしかして、こういう外国のファッション雑誌を普段からよく読みこんでる方？　うーん、これはちょっと使えるなぁ」

「へぇ、そうなの？　どれどれ」

大きな声を上げた島本にちょうど横を通りかかった副編集長の前里《まえさと》も立ち止まり、一緒に原稿を覗きこんできた。大げさな評価が恥ずかしくて、潤はついもじもじしたくなる。

「フランス語って私も苦手でダメなんだよね。うちじゃ、ジュリアンだけが頼りだから橋本くんは戦力になるわ。イタリア語だったら、私も辛《かろ》うじて何とかなるんだけど」

「その……原文が少しフランクな感じで、だから日本語にするとうまくいかなくて、ちょっと文章がおかしい気がするんですが」

「いや、そんなことない。いい出来だよ」

島本の声に潤はようやくほっとする。そんな島本は、隣でただ原稿を見ているだけの副編集長へ、不満げに口を尖らせる。

「だいたい上水流編集長がイタリアに傾倒したからって誰彼構わず布教して、頼りの副編集長までもあっさり毒されるんですから！　皆してイタリア語を習い始めたのはいいですけど、今度はフランス語も習ってくださいよ。イタリア語が話せるスタッフが四人って、ちょっと片寄りすぎだと思います」

「あはは。その件は私も謝る。今度入る新人に期待して」

女らしいすらりとした美女の副編集長だが、甘さのないマスキュリンファッションが好みらしく今日もカットソーに革ジャンというスタイルで、からからと男みたいに笑っている。人好きのするさっぱりした気質に、場の雰囲気も和んで潤も笑顔になった。

と、そこに電話のベルが鳴る。島本の机にある電話で通話を始めていいか視線で確認を取ったあと、すぐに受話器に触れようとした潤に、副編集長が待ったをかけた。

「ちょっとその電話、取るのは待ってくれる？」

不思議に思って顔を上げると、副編集長の視線はインターンシップ生が座る机へ向けられている。そこには、村田と郷司が息をつめて目の前で鳴っている電話を見つめていた。そうして誰か取ってくれないかと願うように編集部を見回す村田に、とうとう副編集長が声を上げる。

「村田さん、電話は三回コールまでに出て」

「は、はい。すみませんっ」

飛び上がるように返事をしたあと、村田が電話を取る。

その姿を見届けて、副編集長はようやくため息をついた。

「最近の子って、どうして電話を取れないのかな。ここずっと君たちの仕事ぶりを見てたけど、橋本くんだけなのよね、率先して電話を取るのって」

「ケータイ世代だからでしょ。誰からかわからない電話に出るのが怖いって話ですよ。でも今回はまだいい方ですよ、橋本くんがいるから。前回はもっと大変だったじゃないですか。もっとも電話じゃないですけど、昨日郷司さんに頼んだ会議用のコピーは、書類は何枚も抜けてるわ、上下の向きが違ってるわで散々だったんですよ。今どきの子って、コピー機のソート機能も知らないんですかねぇ。大事なコピーは、だから橋本くんにしか頼めませんよ」

「困ったね。そろそろ新卒が欲しいからって今年はインターンシップを多めに実施しているけど、これじゃ新卒を採るより既卒を採った方がよさそうな気がしてくるわ」

島本と副編集長の話を聞きながら、同じインターンシップに参加している自分がここにいていいのかと、潤は心配になる。

「あ、編集長。お帰りなさい。打ち合わせはどうでしたか？」

居たたまれなくなって席へ戻ろうかと潤が思ったとき、社外に出ていた編集長の上水流信子が帰ってきた。いつも黒色の服を好んで着ている編集長は四十代後半らしいが、肩までのワンレングスに小柄で童顔のせいかずいぶん若く見える。イタリア好きが高じて周囲を巻きこんでのめりこんだという噂の編集長で、イタリア男にもめっぽう弱いと編集スタッフにからかわれるような可愛いところを潤も何度か目撃しているが、仕事のことになるとかなりの切れものらしい。レンツォが、潤のインターンシップを頼みこんだのがこの編集長である。

「そういえば、島本くん。『ドゥグレ』のパーティーってあさってだったかしら？」

何より特徴的なのが声と話し方だ。以前レンツォが電話でセクシーな声と誉《ほ》め称《たた》えていた通り、掠れ気味の女性にしては低い声の持ち主だった。のんびりとしゃべるせいかどこかけだるげで、まるでベテランのシャンソン歌手みたいな独特な雰囲気がある。

仕事の話を始めた編集長たちに目礼で辞して、潤は他のインターンシップ生がいる机へと戻った。時間なので、退社の準備を始めようと郷司たちと話していたときだ。

「橋本くん。それから郷司さんと村田さんも。君たち三人、明日はパーティーへ連れていくから、少し服装に気を付けてきてちょうだい」

編集長に声をかけられて、郷司や村田の顔がパッと明るくなる。

「すごい。パーティーだって！」

悲鳴に近い声を上げたのは郷司だ。すぐに周囲を憚《はばか》って声を潜めたが、嬉しさに顔が輝いている。それは村田も同じだ。きゃあきゃあと興奮が収まらない女性陣だが、潤としても泰生が同伴しないパーティーに参加するのは初めてで、期待と不安に胸がドキドキした。

翌日、上水流編集長に連れていかれたパーティーはフランスの有名ブランド『ドゥグレ』のものだった。銀座《ぎんざ》の旗艦店のシューズコーナーが一新されて広くなったお披露目パーティーで、四階建ての『ドゥグレ』ビル全体がパーティー会場になっている。

「きゃ～っ、すごいすごい！」

世界でもトップクラスのブランドのせいか多くの有名人が招待されているようで、ずいぶん華やかなパーティーである。ブランドのバックボードが設置してあるインタビューブースには見知った芸能人が入れ代わり立ち代わり登場してはカメラの前でポーズを取っていた。

それを見て、先ほどから興奮状態だった郷司と村田はさらに高い声を上げる。

「こんなパーティーに私たちがいてもいいのかな。何かちょっと場違いな気がする～っ」

潤としては何度か泰生に連れてきてもらっているのだが、何度経験しようとこの華やかな空間に慣れることはなく、村田の呟きと同じく臆した気持ちになってしまう。

ただそれでも数をこなすうちに、それぞれのパーティーでふさわしい格好というものは少しわかってきて、今日はラインのきれいなセットアップスーツにノーネクタイのシャツという周囲と比べても浮くことはないだろう姿をしている自負はあった。一緒に参加した郷司と村田は小遣いを全部はたいて買ったという気合の入ったワンピースを着ており、今夜はラメが入った黒色のシックなワンピースを身に着けているのは、引率の上水流編集長だ。

その彼女も今はパンツスーツを着たスレンダーな女性と話しこんでいる。どうやら出版社と契約しているライターらしく、その間潤たちは思い思いにパーティーの雰囲気を楽しんでいた。

「サンドロ・ベッティーニ氏は二階？　ぜひ話してみたいけれど、今日は無理かしらね。彼の渋い大人の魅力は、イタリア人ならではだわ」

感極まったような編集長の声に潤は顔を上げた。知っている名前があった気がして二人の話を少しだけ聞かせてもらうと、今回のパーティーにはゲストとして『ドゥグレ』の靴のデザイナーが招かれていることを知った。

やっぱり！　あのサンドロさんだ。

潤はついついサンドロがいるという二階へ繋がる階段を見つめてしまった。

サンドロ・ベッティーニというと、昨年の夏休みにフランスへバカンスに行った際、泰生が演出を手がけたのがこのデザイナーのお披露目パーティーだった。そもそも『ドゥグレ』は、フランスの友人であるギョーム・イヴォン・ド・シャリエがCEOをしているブランドである。さらには今潤が履いているプレーントゥの靴もサンドロのデザインというおまけつき。そんなこんなの偶然が三つも重なるパーティーに出席していることに、潤は不思議な気がした。

残念なのは、今ここに泰生がいないことだろうか。

泰生は現在仕事で日本を離れているのだが、そうでなかったら今日のパーティーにも絶対出席していただろう。ブランド『ドゥグレ』がトップモデルの『タイセイ』を招待しないはずはないし、それ以前に泰生とデザイナーのサンドロは親しい友人なのだから。

あぁ、でも今日だけは泰生がいなくてよかったのかも……。

すぐに思い直して、潤は苦笑を浮かべる。

だって泰生がいたら、絶対泰生ばかり見てしまう自信がある！

潤は、内心でだが確信を持って言い切る。

モデルとして仕事中の『タイセイ』は、普段のときとは違ってまったく隙がない。屈託なく笑ったり機嫌悪そうに顔をしかめたりと自然体であるように見えるけれど、それでも家にいるときの泰生とは表情もオーラもまったく違うのだ。切れ味が鋭いナイフのように冴《さ》え冴《ざ》えしたモデルの『タイセイ』は、人々の視線を強制的に引っ張り集める強烈な磁力を発生させる。

潤が一番好きなのは癖のある笑顔を浮かべる普段着の泰生だが、モデルの『タイセイ』はあまりにも魅力的すぎて、潤の視線も意識も一瞬で奪い去っていく。平常心を保つことはなかなか難しかった。

「そうだよ、今日は仕事で来ているんだから……」

気持ちを切り替えるように独りごちて、潤は顔を上げる。

実はここに来る前に先輩スタッフから聞いたが、本来こんなパーティーに新人はもとよりインターンシップ生を連れていくことはないのだという。今回だけがどうやら特別のようだ。だからこそ、これは仕事だということを忘れてはいけないと潤は思った。

ファッションエディターの立場でパーティーに出席するのはどういうものなのだろう。どんなところを見るべきなのか。そんな風なことを意識して、改めてパーティー会場を見回した。

月夜がテーマなのか、暗くしてある会場のいたるところに月のモチーフが飾られている。人だかりが出来ているのは、ケータリングコーナーか。

そんな会場をヘッドセットをつけて横切っていく黒スーツの見知った顔を見つけた。

「あ、木村《きむら》さん……？」

前髪を眉の上でパツンと切り揃えた坊ちゃん刈りに丸メガネとひと癖ある雰囲気の男は、以前仕事で知り合い、今ではプライベートでも親しくしている木村だった。スタッフのスタイルで会場を闊歩《かっぽ》しているということは、おそらく木村が勤める企画会社が今回のパーティーの実務と進行を任されているのだろう。

時間があったら挨拶したいなと潤が後ろ姿を追いかけていると、

「さて――」

ライターとの話し合いが終わったのか、編集長がおもむろに潤たちを振り返った。

「それじゃあ、君たちには今からひとつ仕事をしてもらおうかしら」

「仕事ですか？」

「そう。今回のパーティーはインフォメーションのページで取り上げる予定で、取材に当たってくれているのがさっきの彼女。でもそれとは別に、君たちにもパーティーの記事を書いてもらいたいの。そうね、半ページ――一ページの半分の掲載枠で考えてみて。写真を多めにしてもいいし、文字で表現してもいいわ。君たちの感性を記事にしてちょうだい」

村田はウズウズとした顔をしているが、郷司は何か言いたげに編集長を見ている。

「三人とも、明日は――あぁ、土曜日だったわね。じゃあ、来週月曜日の仕事が終わるまでを締めきりとしましょう。そうね、流れとしては――まずは簡単にどんな記事にするのか構成を考えて、取材をして原稿の元を作って記事に仕上げる。レイアウトを考えたり雑誌掲載のページへ仕上げたりする過程は月曜日にでも誰かスタッフを捕まえて習ってちょうだい。あと四十分ほどで引き上げる予定だから、取材はそれまでに済ませること。い～い？」

「そんなっ、四十分でなんて出来ません！　まだろくに会場も見て回ってないし、楽しむどころじゃないじゃないですか。短すぎます。そもそもこんな取材をするなんて話、事前に聞いてなかったので筆記用具も持ってきてないんですから」

非難の声を上げた郷司が肩から提げているのは、手の平に収まるほどのポシェットだ。おしゃれではあるが、財布とスマートフォンを入れたらもういっぱいいっぱいだろう。

それを見て、編集長は呆れたようにため息をつく。

「楽しむって、君はいったい何のためにパーティーへ来たの？　遊びにきたんじゃないのよ？」

「だって、最初に言ってくれれば私だって……」

むっとした顔を見せる郷司に村田が自分のメモ帳を貸すとフォローしている。潤も肩から提げたトートバッグの中から筆記用具の一部を郷司に渡した。

「さて、いいかしら。パーティーを切り上げる時間を変える気はないわ。こうしている間にも時間は刻々とすぎているんだから、さっさと行動するのが得よ。あぁ、それから——君たちはガレス・ジャパンのスタッフとしてここに来ているのだから、取材をするときはもちろん、会場での言動にも十分気を付けてちょうだい。じゃあ、四十分後にまたここで。はい、解散」

編集長に促されて、不満げな顔の郷司は村田と一緒に歩いて行く。それを見送って、潤も動き出した。

最初は記事の構成だっけ。やっぱりサンドロさんがゲストっていうのは大事だよね。

考えて、最初にサンドロ・ベッティーニがいるという二階の様子を見にいく。エレガントに一新された靴コーナーにゲストのサンドロがいた。が、彼の周囲は大勢の人が取り囲んでいてとても近付けそうにない。先ほど上水流編集長と話していた女性ライターも含めたプレス関係者が多数、有名芸能人はもとよりブランドの上顧客らしい見るからにラグジュアリーな人たちで周囲はひしめきあっていた。その一番外側に、郷司たちの姿も見つける。

郷司さんたちも同じことを考えたんだな……。

ただあの位置だと、サンドロの声さえも聞こえないのではないかと潤は眉を寄せた。

「仕方ない。サンドロさんは後回しにしよう」

持ってきていたデジタルカメラで遠目から数枚写真を撮り、新しくなった靴のコーナーへ移動しようとしたとき、スタッフ用の黒スーツを着た木村の姿を見つけた。

そうだ。パーティーのことは、一番詳しい木村さんに聞けばいいのかも……。

「木村さん、こんばんは」

思い立って、潤はいそいそと木村のもとへ駆けつけた。友人だから挨拶をしたかったという思いもある。木村が特に忙しそうでないのを確認して声をかけた。

「おや、橋本くんじゃないですか。来てたんですね。はい、こんばんはです。んん？　おかしいですね、今日の招待客の中に泰生さんの名前はなかったはずですが」

「ええ、今日は別件で伺ったんです。実は今、インターンシップに参加していて――」

驚いたように丸メガネの中の細い目を見開いた木村に、潤は今日参加した経緯を話す。そうして、インターンシップの勉強としてパーティーの記事を書く話もした。

「相変わらず橋本くんは突っ走ってますね。『t.ales』でバイトをしてるだけでは収まらないなんて、ちょっと生き急いでませんか？　あ、人生を謳歌《おうか》しているとも言いますけどね。それが橋本くんなんでしょう」

呆れたようにため息をついたあと、木村はつらつらと話し出す。切れ目のない独特の話し方をする木村に潤はにこにこ顔になる。けっこう突っこんだことも言ってくるけれど、それが嫌みに感じなくて、逆に応援してもらった気になるのだ。

「ぼくのとこにも、橋本くんみたいな働き者の新人が入ってきて欲しいです。いえね、うちにもバイト上がりの新人がいるんですが、これがまたふてぶてしい男で困ってるんですよ。あ、ほら、ぼくっておしゃべりじゃないですか。それに慣れたか、新人の男はぼくの話をまともに聞こうとしないんですよ。けっこう大事なことも言ってるのに、全部聞き飛ばすように――」

自分で言う通り少しおしゃべりな木村はまたとりとめもないことを話し出すのだけれど。

「失敬、横道に逸れました。で、何でしたか。あ、パーティーの記事を書くって話でしたね。いいですよ、協力します。うちとしても大歓迎です。勉強としての作成記事でも、編集部で目にする人間は必ずいるはずですから宣伝になります。ぜひ記事にしてください」

本人が気付いて軌道修正してくれた。そうして、木村が潤のことをインターンシップ生であってもプレス扱いをしてくれたことに、何かとても感動してしまう。一社会人として扱ってくれるこの感じこそが、インターンシップとアルバイトの大きな違いなのかもしれない。

同時に、だからこそ頑張っていい記事を作らなければという大きな責任も感じた。

「今回のテーマは『月夜の散歩』なんですよ。だからほら、月や星座のモチーフはもちろん、照明も少し暗くしてあって――」

少しだったら大丈夫ということで、木村に会場内を案内してもらう。今回のためにパリ本店から特別に取り寄せた靴の数々や奇をてらったケータリングフードの紹介。一新された靴コーナーだが、ゲスト来場したサンドロの助言で靴を並べ替えることになったという秘話まで。

「わぁ、本当ですね。あんなところに『ドゥグレ』の文字になる星座がある」

見つけた人だけが楽しめるという秘密のモチーフを撮影して、潤は満足げにため息をつく。

「あ、ぼくが呼ばれてますね。何かトラブルでも起こったんでしょう。すみませんが、これで失礼させてもらいます。また近く連絡しますね」

そんなタイミングで時間切れとなった。何か問題が起こったらしいが慌てることなく潤に挨拶をしたあと、木村は足早に去って行く。相変わらずの木村の落ち着きぶりに感心しながら、潤は時間までパーティー会場を歩き回った。

「わぁ、すごい。もう大分《だいぶ》出来上がっていますね」

月曜日の授業が終わるのは夕方のちょっと早い時間で、潤はいそいそとガレス・ジャパンへ出勤した。

他の二人のインターンシップ生はもう大学三年ということで授業をまったく入れていない日もあるらしく、今日の月曜がそうらしい。そのため二人は朝から出勤して、今回の記事作成もずっと先に進んでいた。

今から行うのはレイアウト入れという作業だ。本来はパソコンを使って幾人かのスタッフの手を経て作り上げるらしいが、潤たちが行うのはその簡略版。レイアウト用紙と呼ばれる雑誌掲載枠の大きさの専用白紙に、写真や文書を貼りつけていくというアナログな作業だった。

ずいぶん熱が入っている郷司たちに負けていられないぞと、スタッフにやり方を教えてもらった潤も勇んで机に座る。

この週末は、記事のことをずっと考えていた。とにかく写真だけは多めに撮ったため、その写真を眺めながらどんな記事にするかレイアウトを練ったのだ。記事に使う写真をピックアップするのもそうだが、取材して得た情報の中からどれを記事にするか取捨選択するのもなかなか大変だった。半ページという紙面の大きさを最初は広いと思ったけれど、写真を多用するとあっという間に文字を入れるスペースがなくなってしまう。

サンドロがゲストであったことは記事にするべきだろうし、会場の様子や雰囲気を伝えることも大事だろう。自分が読者だったら、あの奇抜なフードの記事があったら楽しめるかもしれない。他にも、実際にパーティーに参加した人が読むことがあった場合、会場にこっそり『ドゥグレ』の星座が隠れていたなどというエピソードを知ったら驚いてくれるのではないか。何よりあの星座のモチーフはとてもおしゃれだった。

そんな風に考え出すと、伝えたいことがありすぎて半ページではとても足りない。

けれど、それでも情報を絞りこまなければいけないのだからと、週末から今日にかけてずいぶん考えたし大いに悩んだ。そのおかげで何とか記事にしたい候補を挙げることが出来ていた。

「こっちはボケてる。こっちはちょっと小さくまとまりすぎてるよね。じゃ、これかな」

デジタルカメラから取り出してプリントアウトしてもらった写真は、かなりの量だ。その中から使う写真、使える写真をセレクトする。その後は、リサイズ。写真の大きさを記事に使えるようにサイズ変更する作業で、本来はデザイナーと相談しながらパソコンでぱぱっと行うらしいが、今回インターンシップ生たちに貸し与えられたパソコンでは出来ないという。だからコピー機の縮小拡大で代用するようにとのことだった。多少枠からはみ出してもいいと言われたので、作業には手間取ったが何とか仕上げることが出来た。

選んだ写真は七枚。最も大きく紙面を取るのは一新した靴コーナーを入れたパーティー会場の雰囲気がわかるものだ。あとは遠目からサンドロを撮ったものと色鮮やかなケータリングフード、パリ本店から取り寄せた特別なパンプスの写真三枚は同じサイズに。『ドゥグレ』の星座の写真は小さいものを準備した。

記事の文章は、週末に考えてきていたのでそれをパソコンで文書にしてプリントアウトする。写真の説明も含めて、見出しや記事の文章などは書く人のセンスが大きく問われるものらしい。自分が苦手とする分野のせいか、その作業が一番難しかった。

そうして準備した写真や文書の紙片を、白紙の上であっちこっちと置き直してレイアウトすると出来上がりだ。

「ふふ、何か本当に雑誌のページみたいだ」

なかなかの仕上がりに、つい自画自賛してしまった。

工作のような作業を除けば、普段編集スタッフが行っていることとそう変わらないという。今回潤が仕上げたものも――厳密には多少違うようだが――デザインラフというものに近いらしい。そんなことを聞くと、本当にファッションエディターになった気がして嬉しくなった。

そうして、記事について評価をもらえたのは翌々日のことだ。

「最初は橋本くんね。うん、着眼点もいいし深いところまで取材してあってなかなかいい記事でした。特に、このパリ本店から取り寄せたパンプス。これを記事にしていたのは橋本くんだけ。誰かにちゃんと話を聞いたのよね？　そう？　やっぱり。きちんと取材しているのがこの記事からも伝わってきたわ。『ドゥグレ』の星座のモチーフだって、面白く読んだし」

　副編集長の前里の評価に、潤は顔が上気する。自分がこだわった部分をちゃんと見てくれるとこんなに嬉しいのだと初めて知ったが、副編集長の評価はそれだけでは終わらなかった。

「記事の出来に関しては、読んだ他のスタッフも全員一致で橋本くんが断トツで一位。けれど文章に関してはまだまだ勉強の余地ありね。見出しはもとより、内容も書き方もまるで報告書みたいに真面目で、大学のレポートでも読んだ気分よ。誠実ではあるけれど、極端な言い方をすれば面白みがない。うちはファッション雑誌なんだから、もっと読者層を意識して読む人に添った文章じゃないと。それから、全体的にセンスが悪いのも気になるかな。目新しさを感じないんだ。形態としては出来上がっているけれど、ありがちなレイアウト。パーティー記事とはこんなものと、これまで読んだものをそっくりそのままなぞって作ったみたいに感じるね。もっと頭を柔らかくしてみて」

　ズバズバと切りこむような言葉に、潤は顔がこわばっていく。特に後半の指摘はまさにその通りで、何度も目にしていた雑誌の記事を思い出して作ったのをこうも簡単に見抜かれてしまうことが恥ずかしかった。

「その点で言えば、次点の村田さんは飛び抜けていたわ。読んでいて楽しくなるような記事作りを意識してあって好感が持てた。パーティーに参加した村田さんのワクワクした感じがこの紙面から伝わってきたしね。何より発想とセンスがいい」

副編集長が皆に見せた村田の作った記事には、『ドゥグレ』ビルのイラストが斜めにデフォルメされて描いてあり、階ごとに吹き出しをつけて写真と説明がつけられていた。例えば一階では凝ったケータリングフードに人が集まっている写真が載せられていて、その様子が生き生きとした文章で綴《つづ》られている。

潤は感動した記事だが、副編集長の感想はなかなか厳しかった。

「ただ、内容が薄いなぁ。一番伝えたいものはどれなのか、散漫としすぎてわかりづらくなってる。おそらく取材という取材はしていないんじゃないかな？　だから浅いんだ。上手く記事として体裁は整えているけれど、上っ面だけを攫《さら》ったような――どこかで聞いたような情報ばかり並べられていてもね。記事を読んでも、ただパーティーへ行って楽しかった以上のものは伝わってこない。読者にも印象は残りづらいんじゃないかな？」

男勝りな副編集長から容赦なくきついことを言われているが、村田は顔色を変えながらも真剣な表情で聞いている。最後、少し悔しそうな顔を見せたのが印象的だった。

「最後は郷司さんだけど、写真を多用してあるのが特徴かな。ページから飛び出すような写真のレイアウトはちょっと勢いがあっていいけれど、説明はすべて自分の感想のみ。これは全然取材していないでしょう？　単にペタペタと写真を貼りつけただけでは記事とは呼べないわ」

「それは……時間がなかったから仕方ないんです。だって、サンドロ・ベッティーニに取材しようって順番を待っていたのに全然近付けなくて、そこで大幅に時間を食っちゃったんです。もっと時間があったら私にだってきちんと取材が出来ました」

郷司は納得いかない顔で副編集長を見上げる。が、副編集長はあっさり肩を竦めた。

「限られた時間内で何を取材するか決めるのも大事な仕事よ。それに他の二人が同じ時間内で、内容はどうあれ読むに十分な記事を作り上げたのだから、その言い訳は通じないわよね」

見せてもらった郷司の記事は掲載枠をはみ出すように写真が並べられており、その写真を解説するように文章が添えられていた。潤としては賑《にぎ》やかなパーティーをそのまま切り取った記事に思えてすごいと見入ったが、編集のプロの感想はまったく別らしい。

つくづく自分の感性がクリエイティブ向きではないと少し落ちこんでしまう。もとより潤が作った記事について、センスが悪いと言われたばかりだ。やはりプロは一発で見抜くのだなとある意味感動さえした。

「けれど、あなたたちの新しい感性というものは今回たっぷり見させてもらった。私たちにない新しいエッセンスで楽しかったわ。今回のパーティーの記事は、編集長も言ったと思うけれど、うちのベテランライターにお願いしているの。実際に雑誌が出来上がってきて、自分たちの記事とどう違うのか比べてみると勉強になるし面白いと思うわ」

そう副編集長は締めくくった。

「センスが悪い？　くくく、そりゃかなりはっきり言われたな」

泰生が楽しげに笑うのを、潤は恨めしげに見つめる。

泰生が仕事で行っていた香港《ホンコン》から帰ってきたのは翌日のことだった。

仕事と飛行機の兼ね合いで帰国は今日か明日と聞いていたので、マンションへ帰ってきて、リビングの明かりがついているのを見て潤が畳敷きの廊下を駆け抜けたのは言うまでもない。

そうして潤がバスタブを使ったあと、少し遅い時間ながら香港土産をテーブルに開いて泰生に話を聞いてもらっていた。

「ん、これは花の香りがします。これもお茶なんでしょうか？」

「ジャスミンティーなんじゃね？　お、こっちはウーロン茶か？」

泰生が買ってきてくれた香港土産は中国茶フレーバーのチョコレートだ。一緒に楽しむのは、泰生が飲みたいと言ったシャンパン。潤はほんの少しだけグラスに注いでもらった。

チョコレートにシャンパンなんて合うのかと疑問だったが、シャンパンの爽やかな甘さは不思議とチョコレートに入った中国茶の香りを引き立ててくれるようで、なかなか美味しい。

何より、泰生と久しぶりに持てた時間に潤は幸せな気分を味わっていた。

「で、そのセンスが悪いってぇ記事はないのか？　おれもぜひ見たいぜ」

「泰生はひどいです」

文句を言いながらも、潤はいそいそとスマートフォンの画像を探し始める。記事は出版社に提出したけれど、出来上がりに満足して一応写真を撮っておいたのだ。

「すみません、あまりいい写真じゃなかったんですけど」

見てみたら、光の加減が悪かったらしく記事の内容がわかるものではなかった。雰囲気だけは何となくわかるだろうか。

そう思って差し出すと、やはり泰生からは渋い顔をされた。

「んー、ごく一般的な記事っぽいせいか？　よくわかんねぇな。でもまぁ、潤にも苦手なものがあるってことだろ。誰にでも出来ないことのひとつや二つはあるぜ」

スマートフォンを返しながら、泰生はそんな風に感想を口にする。出来ないことだらけなんだけどと潤は思いながらも、泰生の言葉には大いに慰められた。

「それで、パーティーではサンドロと話せたのか？」

潤たちが座るのは、リビングの板張りに敷かれた絨毯《じゅうたん》の上だ。

今回のリノベーションはすべて他人任せだったせいか、泰生が気になった箇所は自身でちょっとずつ手直しをしていた。今座っているこの絨毯もリビングにもの足りなさを感じた泰生が手に入れたもので、江戸の時代から日本で作られてきたという鍋島緞通《なべしまだんつう》を選んだのも部屋のコンセプトである『和』を強く意識したせいだろう。木綿の絨毯は手触りもよく、大胆で華やかな柄はどこか日本らしくて、少し寂しかったリビングがパッと明るくなった気がした。

「サンドロさんは特別ゲストだったので、とてもおれなんかが話しかけられる雰囲気じゃなかったんです。パーティーは人も多かったし、主立った招待客は皆サンドロさんの周りを固めている感じでした。それにサンドロさんとは一度挨拶しただけだったし、あまり覚えていらっしゃらないんじゃないかなとも思ったので」

「そんなことないはずだがな。まぁ、ああいう時のゲストはある意味客寄せだから仕方ねぇか」

泰生は肩を竦めて、指先に持ったシャンパングラスをゆらゆら揺らした。

「あ、でもパーティーで木村さんに会いましたよ。セージ企画の木村さん。会社がパーティーの仕事を請け負ったみたいです。スタッフとして会場で働いていらっしゃったので、ちょっと

だけ時間をもらって記事を作るための取材に協力してもらったんですよ」

インターンシップに参加してから、泰生とこうしてのんびり話す機会が少なくなっていたせいで、潤の話は尽きない。

昼間は大学、夕方から夜にかけてはインターンシップに参加するため、自身も仕事で朝から晩まで忙しい泰生とは時間が合わないことも多く、すれ違う日々が続いていたのだ。それでなくても、ここ数日泰生は仕事で香港へ行っていたのだから。

久しぶりのゆっくりした時間に、潤の口が軽くなるのは言うまでもない。

「――で、すごいですよね。そうやって、雑誌を見るだけで勉強になるなんて」

「ちょっと待て。潤が仕事をしてる間、他のインターン生はバックナンバーなんか読んでんのか？　何だよ、それ。潤ひとりで仕事してんじゃねぇか」

潤の話を中断して、泰生が眉をひそめて問いつめてくる。しかし潤には、何がそんなに引っかかったのかわからなかった。

「そんなことないですよ。他の二人もちゃんと自分の分を終わらせた上で読んでますから。それにバックナンバーを読むことだって勉強ですし、おれも時間があったら読んでますよ」

「だがさっきから話を聞いてると、潤ばっか仕事してるだろ、あれやったこれやったって。新人がやる雑用だけじゃなくて、フランス語訳やスタッフ直々の雑用までやらされて。何か潤だけがこき使われてねぇか？　インターン生からもいい様に仕事を押しつけられてるだろ」

「別に押しつけられてなんかないですよ。本当のことを言うと、おれはバックナンバーを読むより何か仕事をしていた方が楽しいというか。だから他の二人に比べておれだけ仕事が多いのも、自分から何かないですかって先輩たちに聞くせいなんです。せっかく出版社で仕事をしてるんですから、出来るだけ仕事に関わりたいじゃないですか」

思わず熱弁をふるうと、泰生はむっと押し黙って潤を見る。そうして、しょうがないというように大きなため息をついた。

「潤は真面目だからなぁ」

と。苦笑して、泰生は手を伸ばすと潤の頭をクシャクシャとかき混ぜた。

「あの～、それって誉めてます？」

「半々？　んー、なまじ潤が使えるのが問題なんだよな。デキるからって、便利に使われてなきゃいいけど、それでも潤はきっと気にもしないんだよな」

泰生の言うことがわからなくて、潤は首を傾《かし》げる。

「便利に使われてなんかないですよ。スタッフの皆も、雑用以外の仕事をおれに頼むときはすごく申し訳なさそうに言ってくれるんです。大丈夫かってちゃんと聞いてくれますし、橋本くんだから頼めるんだって言われるときもあって、だからおれも喜んで引き受けたくなるんです。

勉強にもなるし、何もしないでじっとしているよりずっといいというか」

潤が言葉を重ねれば重ねるほど、泰生の眼差しが困った子だなという風に緩んでいく。

「あの、本当ですからね！」

「はいはい。まぁ、潤にかかると悪人もいい人になるのは確かだが、案外スタッフのハートをがっちり摑んでるだけなのかもな」

そう泰生は言ったが、あまり納得はしていないようだ。シャンパンを一気に呷ると、何かとても難しい問題を抱えているみたいにガリガリと頭をかく。

「泰生？」

怪訝《けげん》に思って潤が訊ねると、視線を合わせてきた泰生はふっと息を吐いた。

「こういうのがもどかしいよな。様子もわからないし、何より今回は手出し無用だから」

それを聞いて、ようやく泰生が気にかけている理由がわかった。初めて泰生の目の届かないところで働いているせいで、思った以上に心配をかけていたようだ。

そういえば、高校時代からは少し活動範囲が広がる大学に入った当初も泰生は何かいろいろ言っていた気がする。大学は同年代ばかりで普通に通う分には特に問題が起こるはずはないし何よりいつも一緒にいる大山《おおやま》が頼りになるせいか、いつしか泰生も気にしなくなったけれど今回も同じような感じなのかもしれない。

これまでずっと泰生の庇護下にいたというのは本当のことだったと潤は妙に納得した。潤が思う以上に、泰生には大事にしてもらっていたのだ。

「気にしてくれてありがとうございます。でも、本当に大丈夫です。スタッフは皆いい人ばかりですから。上水流編集長は、本当だったら新人は連れていってもらえないはずのパーティーに参加させてくれたんですよ。しかも、そのパーティーの記事を書くという勉強までさせてくれました。これってすごいことですよね？　それにインターン生の二人もちゃんと真面目にインターンシップに取り組んでますから、雑用もときには二人の方が多いこともあるんです。あとスタッフも仕事を頑張ってるからって、内緒だって言ってこっそりおやつをくれたりするんですよ」

「最後のは何だよ」

潤が言い募ると、終《しま》いには泰生も笑ってくれた。だから潤の顔も笑顔になる。ひとしきり二人で笑って、泰生は喉が渇いたとまたシャンパンをグラスに注いでいた。潤のグラスにも注いでくれたが、いつの間になくなっていたのか。

うわぁ、けっこう飲んでたんだな、おれ……。

明日も大学とインターンシップがあるから、これで飲み納めにしようと心に決める。

「あの……おれ、編集という仕事をちゃんと知りたいんです。せっかくガレス・ジャパンというすごいところにインターンシップ出来たんですから。だからちょっとくらい仕事が多くても、毎日とても楽しいです」

注いでもらったばかりのシャンパンをほんのちょっと舐めたあと、潤はもう一度感謝の意味もこめて口にする。それを聞いて泰生は何か考えている様子だったが、ふっと表情を緩めると絨毯に手をついて潤の方へにじり寄ってきた。

「あの、泰生？」

「そういう頑張る潤って、すげぇ好き」

目を細めた泰生から触れるだけの優しいキスをされた。

インターンシップに参加して二週間ともなると、出版社の雰囲気にも仕事にもだいぶ慣れてきた。

潤たちに任せられるのはやはり雑用が主だが、そんな中でもインターンシップの一環として編集の仕事にもちゃんと携わらせてもらう機会を得た。原稿作成の手伝いや編集部内のスタジオでの小物の撮影で——郷司に言わせるとコピー取りや物を運ぶ仕事など結局やることはただの雑用ではないかとのことだったが——潤としては勉強になったしとても楽しかった。

しかも、先日はストリートスナップの取材にも同行させてもらった。

インターンシップ生は、おしゃれに敏感なファッショニスタに取材へ協力してもらうための声かけを任せられたが、見知らぬ人へ声をかけることはかなり勇気のいることで、しかも声かけを無視する人や苛立《いらだ》った様子で舌打ちする人もいて、引っこみ思案な潤にはとてもきつい仕事だった。郷司はそれを嫌ってかほとんど動かなかったが、そんな中頑張っていたのが村田だ。わりと大人しい性格だと思っていたのに、声かけを無視されてもめげずにまた新たなファッショニスタへ突撃していく姿には潤も大いに励まされた。

同じ仕事をしている同年代の仲間がいるって、いいんだなぁ……。

それに、気付いたことは他にもあった。

インターンシップでは色んな仕事を任されたこともあり、自分の得意とするものや苦手だなと思う分野が顕著になった気がする。

特に雑用に関しては、問答無用に三人ひと絡げで仕事を任されるため、誰がどんな方面が苦手か——コミュニケーションに多少問題がある潤だろうが地味で細々とした仕事は大嫌いだと公言する郷司だろうが——関係ない。仕事は仕事だ。当たり前のことだが、先日の声かけのような潤にとっては苦手な仕事でも社会には当然のように存在し、またやり遂げなければならないのだと不思議なことに今回のインターンシップで潤は初めて知ったのだ。演出と編集では仕事内容も違うため一概には言えないが、これまで特に苦になるような仕事をしたことがないのを思うと、潤の適性を見て仕事を与えられていたのではないかと思えてくる。

やっぱり甘やかされていたんだろうな……。

そう考えると、潤は恥ずかしいような腑甲斐無《ふがいな》いような複雑な気持ちになる。

しかし今回のインターンシップは、そうした泰生のテリトリーから離れて社会の厳しさを経験し、何がアンバランスなのかどう危なっかしいのかといった『自分』というものを知るための機会でもあるため、そういうことにも気付けてよかったのだと前向きに思うことにした。

気持ちを切り替えて顔を上げた潤は、出版社が入るビルの前でちょうどタクシーから降りる編集長と行き合った。

「お疲れさまです。上水流編集長」

上質なアンサンブルニットとタイトスカートの編集長だが、やはり今日も黒一色の出《い》で立《た》ちだ。潤の声に、編集長は女性らしいしぐさで振り返る。

「あらぁ、お疲れさま。お使いだった？」

「はい。リースした商品の返却に行ってきました」

撮影のために出版社ではブランドからさまざまな商品を借り受けるが、その返却を頼まれた帰りだった。小物ではあったが自分のものではないブランドの商品を持ち歩くことに潤は心臓がバクバクした。そしてそれ以上にブランドのプレスルームを訪れるなど初めてで、受付では挙動不審になるほど緊張してしまったのは内緒の話だ。

思い出しても恥ずかしい……。

「橋本くん、ちょっと待ってくれるかしら」

ビルへ入っていこうとした潤だが、隣を歩いていた編集長が立ち止まってスマートフォンを手にしていた。何かと思うと、編集長はどこかへ電話をかけ始める。

「——そう。じゃ、一階のカフェにいるから何かあったら電話して」

そうして電話を切ると、きれいにマニキュアの塗られた指でカフェを指す。

「気分転換がしたいの。橋本くん、ちょっとお茶に付き合ってちょうだい」

「あ、はい！」

さっさと歩き出した編集長を慌てて追いかけたものの、自分がカフェで一服なんかしていいのかなと少し心配になった。

今は仕事を学ばせてもらっているインターンシップ期間中で、特に潤は大学で取っている授業が多いためにインターンシップに丸々一日を費やせる日がない。夕方を中心にした短時間の勤務だからこそ、休憩を入れてしまうと仕事をする時間などなくなってしまう。わずかとはいえ給料をもらう以上、こういうのはサボることになるのではと懸念するのだ。

「おれ、今日はまだお使いしかやってないんです。休憩をしていいんでしょうか」

「ふふ、大丈夫よ。これも君の仕事のうち。編集部には橋本くんとお茶してくるってちゃんと言っておいたから。会議が長引いて疲れちゃったの。一服したいんだけど、喫煙ルームの自販機コーヒーじゃ味気ないし、君をダシにカフェで休憩したかったのよ」

そう言われると、潤はようやくホッとして頷いた。

タバコを吸いたいとのことだったので、外のテラスに席を取る。季候もいい十月の後半、夕方の時間でもテラス席は人が多かった。

「いいかしら?」

掠れた低い声で潤へ断りを入れて、編集長がタバコを取り出した。大人の女性だからだろうか。細いタバコに火をつけるしぐさは堂に入っていてやけに色っぽい。母と同じ世代の編集長なのだが、潤は柄にもなくドキドキしてしまった。

「インターンシップもちょうど半分という頃ね。仕事は慣れたかしら?」

タバコの煙に微《かす》かなミントの香りを嗅ぎ取ったとき、編集長から声をかけられた。

「はい、日常の仕事には少し慣れました。ただ新しい仕事が毎日のようにあるので、そういう意味では毎回新鮮な気持ちになります」

「ふふ、そうね。でもそれは、君が思った以上に使えるせいよ。皆、普通のインターン生以上の仕事を橋本くんには任せているみたいね。特に前里――副編集長や島本くんは何かと仕事を頼んでくるでしょう？　二人からは、インターンシップ後も橋本くんはうちに引き止めて欲しいって強い要望が出ているわ。どう？　バイトとしてこのまま続けてみない？　働きようによっては、大学卒業後はそのまま正社員へのステップアップも考えているんだけれど」

「それは、ありがたいです。でも……」

とても嬉しい言葉だったが、潤としてはインターンシップが終わったあとはガレス・ジャパンで働くつもりはないために、困惑してしまう。だからといって、ストレートに断っていいのかと潤は迷った。というのも、今回のインターンシップに参加出来たのは『ファッションエディターという仕事に興味があるから』という前提があるからだろう。まさかこんなお誘いをもらえるとは思わなかったため、ファッションエディターになるつもりはないのにインターンシップには参加したなんてことを口にしたら、編集長も気を悪くすると思った。

申し訳なさと戸惑いに視線が揺れてしまう潤をじっと見ていた上水流編集長は、潤とは反対方向にふぅっと紫煙を長く吐き出しておもむろに口を開いた。

「なぁに、タイセイの演出の事務所で働く予定だから？」

潤はぎょっと目を見開く。そんな潤の顔を見て、編集長がおかしそうに笑い出した。

「あの、えっと……上水流編集長？」

掠れた低い声で笑い続ける編集長に、潤はどぎまぎして言葉を待つ。

「あぁ、ごめんなさい。そんな素直に反応してくれるとは思わなくて。橋本くんって、本当にすれていないのね。実は、君のことは最初から知っていたのよ。演出家として活動を始めたタイセイの事務所で働いているでしょう？　プライベートでもずいぶん親しくしているわよね。ハイブランドのパーティーへ、あのタイセイが何度も連れてきているのを見たわ。いつからか、彼が左手の薬指から外さなくなったリングは、君のそれとお揃いでしょう？」

視線で指されて、潤はあっと左手の薬指を右手で覆う。が、もうすでに見られたあとなのだ。今さら隠しても遅いだろう。さらに編集長は潤の顔をじっと覗きこんでくる。

「いつもはメガネなんてしてなかったわよね。髪形もちょっと違うかしら。そのメガネは、もしかしてダテ？　顔がバレないようにするために？」

「はい。その……すみません」

「別に謝る必要はないわよ。それは賢い選択だわ。今やタイセイは、ハイブランドのショーのファーストルックを飾るようなトップモデルなんだから。そんなタイセイがパーティーだろうがイベントだろうが、連れ回して構い倒す美少年のことは密かに有名になっているわ。最近じゃ、タイセイのビジネスサイドでも姿を見かけるから相当可愛がってるんだろうって噂になっていたの。タイセイはプライベートには一切踏みこませない人間だから、君のことも最大のタブーだって、誰も表だって口にはしないけれどね」

「それは……」

「まぁだから、レンツォが紹介した相手が君でびっくりしたのよ。もちろん密かに注目していたわ。どんな働きぶりをするのかって。先に謝っておくけれど、実はちょっと悪い意味でね」

編集長は悪戯っぽく潤へ微笑みながら、指先で挟んだタバコを美味しそうに吸う。

先ほどから、何だか上水流編集長の手の平の上で転がされているような気分だった。いや、ガレス・ジャパンへインターンシップに来たときから、編集長の手の上だったのかもしれない。

「パーティーで見かけていた君があまりに雰囲気のある美少年だったから、てっきり恋人可愛さにタイセイは腑抜けになったんだと思っていたの。『t.ales』で働いているのも華やかなスタンスを欲しがる恋人の君に頼まれたからで、実際は仕事なんてほとんどしていないんじゃないかってね。今回のインターンシップもそんな恋人がファッションエディターの仕事をやってみたいなんて言ったわがままが、うちへ飛び火したんだと思っていたわ」

そこで、編集長はひと息ついた。タバコを灰皿へ置いてテーブルの上で手を組み、真正面から潤を見つめてくる。

「でも、やはりタイセイはタイセイだった。仕事にはどこまでもストイックで、自分にも他人にも厳しい姿勢は微塵《みじん》も揺らいではいなかったわ。私が間違っていた、本当にごめんなさいね」

「いえ、そんなこと……」

謝罪を口にする編集長に首を振りながら、潤は胸がひんやりした。

もしかしたら、自分の印象というのは彼女のような見方が一般的なのかもしれない、と。これまで潤が関わってきた人間は自分と近しいゆえに理解のある人たちばかりだったが、少し距離のある人には編集長のような見方も多くあったのではないか。

仕事とプライベートの両方で泰生と深く関わることになって、自分がちゃんと成果を出さないと、泰生まで悪く見られるんだ……。

潤はごくりとつばを飲んだ。

まったく周囲が見えていなかった。

泰生をアシストしたいと目の前の仕事をやり遂げることに一生懸命だったけれど、今さらながらに自分の立場に危うさを覚えた。自分が失敗したり腑抜けたことをしたりすると、ストレートに泰生の評価へ繋がるのだ。しかもそれは、この先もずっと続く。

自分の立場を初めて知って、潤は身の引き締まる思いだった。

「橋本くん？」

考えすぎていたせいで不審がられたようだ。あっと顔を上げて、編集長を見る。

「すみません、いろいろ考えていました。それに、泰生のことをそんな風にちゃんと見ている人がいるとわかって何だか嬉しくて。あの……ありがとうございます」

そうしてもうひとつ。編集長が、泰生をきちんと見て誉めてくれたのが嬉しかった。胸が冷えたことについては上手く説明出来そうになかったので、潤はそちらの方だけ言葉にする。

「君って……」

そんな潤に、編集長は呆気《あっけ》に取られたような顔をする。すぐにふっと小さく笑った。

「いやだ、今すごく心が洗われた気がする。君っていいわぁ。あぁでも、ちょっと待って。今のって惚気《のろけ》られたのかしら。だとすると、逆に癪《しゃく》に障る事態へと変わるわね」

「いえっ、そんなことはないです。違います！」

潤が勢いよく首を振ると、タバコを吸いながら笑っているような流し目を送られる。どうやら冗談だったらしい。

「なるほどねぇ。気難しいタイセイが君に本気になった理由が少しわかった気がするわ。でも思い出してみると——あの、男にはめっぽう厳しいはずのレンツォも優秀な人材だって押してきたのよね。君って、アクの強い人間に気に入られる性《さが》なのかしら。この私でさえ、何だか手元に置いて可愛がりたくなるもの。厄介ともいえる性分ね」

何と返事を返していいのかわからず、潤の眉はハの字になる。

「そうそう。タイセイといえば、先日電話がかかってきたのよ」

「そういえば、お知り合いなんですよね？」

「そうね、パーティーで会ったときは挨拶に来てくれるわ。狡《ずる》いのよ、人避けにされるの。面倒な人間と話したくないから付き合ってくれって堂々と私に向かって言うんだから。正直なんだか不遜なんだか」

そう楽しげに話す編集長に、非常に泰生らしいと潤は申し訳なくなった。

「まぁ、タイミング的に仕事が入っていたというのもあったんだけれど、でもだからってわざわざ連絡してきたのは今回が初めてよ。君がうちに来ていることは、彼も知ってるのよね？」

「……はい」

編集長にはすべてバレたとわかると、何だかいろいろ変に工作したことに恥ずかしさと罪悪感を覚えてしまう。しかし編集長はそんなことを考えたわけではなさそうで、何かとてもおかしそうに唇を緩めた。

「だからよねぇ。あのタイセイがご機嫌伺いの電話をかけてきたのよ、あのタイセイが！」

声に出してまで笑い始めた編集長の言葉には、潤も胸が揺り動かされた。

あぁ、やはりあれからもずっと気にしてくれていたんだなぁ……。

一緒にシャンパンを飲んだ夜のことを思い出して、内心で微苦笑する。

大丈夫と潤は何度も口にしたが、泰生は最後までどこか心配げだった。編集長に連絡したのはだからかもしれない。基本的に泰生は用がないと電話をしない人間で、ご機嫌伺いなど本来ならあり得なかった。泰生と親しい編集長もきっとそれを知っているからこそ、こうして取り立てて話題に挙げたのだろう。

ご機嫌伺いと言う通り、泰生も潤の名前を挙げたりはしなかったはずだが、おっとりしていてもどこか隙がない上水流編集長だ。そんな電話から何かを察したのかもしれない。

潤は嬉しいような気恥ずかしいような気持ちで、編集長の笑い声を聞いた。

「人生長く生きていると、たまに予想もしてないことが起こるわぁ」

機嫌よさげにそう話を締めくくって、編集長はちらりと腕時計を見る。そろそろ休憩も終わりなのだろう。潤もコーヒーカップに口をつけた。

「あぁ、慌てないでいいわ。もう少し時間は大丈夫だから。でも、そういうそつのなさが君のすごいところなのかしら。言葉にしなくても気配が読めるというのは。そう、今ので面白い話を思い出したわ。私の後輩でCAの子がいるの。年齢も年齢だから、チーフパーサーという機内では一番偉い立場なのね。そんな彼女が飛行機の出発の際、地上職の人とブリーフィングという送り出しの連絡報告を行うらしいんだけれど、時間が遅れていたりのんびりしている地上職の人に対してあからさまに腕時計を見るんですって。急げって暗に伝えるためにね。でもそれに気付いてくれる人とくれない人がいるらしくて――」

　本当に時間はまだ大丈夫だからという意思表示だろう。編集長が聞かせてくれた四方山話《よもやまばなし》に、潤は耳を傾けながらなるべく急いでいない風を装ってコーヒーを飲み干す。演技など出来ない潤のそれは、きっと編集長にバレバレだったろうが。

「そういえば、君はまだ大学二年生だったわね。授業も毎日それなりに受けていると話に聞くけれど、休むことは出来るのかしら」

　潤のコーヒーがなくなってひと呼吸して、編集長が思い出したように訊ねてくる。

「はい、大丈夫です」

「だったら、あさっては朝からインターンシップに入ってみない？　ちょっと大きな撮影があるのよ。他のインターン生も連れていくつもりだから、ぜひ君も参加してみたらいいわ。スタッフや現場の許可はもうもらっているから」

「はい。ぜひ連れていってください！」

　今回のインターンシップでは、多少授業を休むことは致し方ないことだと受け入れている。だから初めての大きな撮影のお誘いに、潤は喜んで頷いた。

上水流《かみずる》編集長が言っていた撮影日の当日、潤《じゅん》はひとり横浜《よこはま》の街を歩いていた。

「思った以上に重いかもしれない。ドリンクを買う前に、一度戻った方がいいかな」

潤が両手に提げている袋には、多くの弁当が入っていた。

朝も早い時間から大量の衣装とともに大型のバンで撮影現場へ連れてこられた潤たちだが、やはりここでもやることは雑用だ。買い出しや撮影準備などだが、それでも初めて大きな撮影に立ち会えたということで潤たちはいつもよりテンション高く立ち動いていた。

男手である潤に頼まれたのは買い出しだ。

丸一日という長丁場の撮影のため、モデルやスタッフのための食事やドリンク、菓子などさまざまな飲食物を用意しなければならない。食事は弁当が主で、これまでも撮影のためにと先輩スタッフに頼まれて弁当を注文する仕事をしたことがある。が、横浜の有名レストランや老舗和食店、中華街の名店など今回用意された弁当の豪華さを見ると、今日の撮影が編集部にとってどれだけ特別で力が入っているのかわかるというものだ。

潤の仕事は事前に注文されていたそれらの弁当を引き取りにいくだけなのだが、店を回るごとに数は増えていくため、潤の両手は今やちぎれんばかりの重さとなっている。もちろんタクシーは使わせてもらったし本来なら撮影現場へ横付けするはずだったが、途中の道路工事のために少しの距離だが泣く泣く歩いて運ぶことになってしまった。

多少のトラブルは当たり前のこと。それに男手と頼られているんだから期待に応えないと！

潤は自分に言い聞かせて、もう一度袋を握り直す。

今日の撮影が行われるのは、横浜のとある異人館だ。一般に開放している観光名所ではなく普段はホテルとして営業している屋敷で、それも宣伝されていない知る人ぞ知る隠れ家ホテルらしい。こういった場所を探してきて撮影の許可を取るのは実はファッションエディターの大事な仕事だというのは、今回のインターンシップで初めて知った。

撮影のテーマは官能的なデカダン。

フランスの老舗ブランドの八十周年記念を特集する撮影で、用意されている衣装も刺繍《ししゅう》が入ったりファーがついていたりとかなり豪華だが、詳しい撮影内容は前日他の仕事にかかりきりだった潤はチェックすることが叶《かな》わなかった。ただ着々と準備が整っていくのを見ると、どんな撮影になるのか逆にわからないところが楽しみでもある。

撮影が始まるのは十一時半から。しかし潤たちは九時前には現場入りして、こうしてバタバタ準備を始めていた。ようやく潤が弁当を持って異人館に到着したのは、モデルの入りが近いと慌しくなっていたときだ。現場にはそわそわと落ち着かない雰囲気が広がっていた。

「お疲れさまです。林《はやし》さん、お弁当を買ってきました」

「お疲れさまぁ、ありがと。重かったでしょ。取りあえず、そっちのテーブルに置いといてぇ」

今日潤たちを連れてきたのは、副編集長の前里《まえさと》ともうひとり女性スタッフの林だ。昨年中途で入ったという林は、編集部では一番下ということで、普段は潤たちインターンシップ生の直属の先輩として指導してくれるなじみのある女性だった。

「すみません。ただドリンクは買えなかったので、今からもう一度行ってきます」

「やっぱ無理だったかぁ。誰かひとり連れていく？　ペットボトルも多いから重いよぉ」

撮影準備を手伝っていた郷司《ごうし》と、デザートのピックアップを担当していた村田《むらた》はすでに仕事を終えていて、今は夢中で資料を読みこんでいる。

「いえ、おれの仕事ですから」

楽しそうな横顔を見せる二人に、潤は笑って首を振った。

撮影に間に合うかとドキドキしたが、近くのコンビニから大量のペットボトルを抱えて戻ってきたとき、まだ何も始まっていなくてホッとする。

「ドリンクは適当にそっちと混ぜといてくれるぅ？　終わったら、橋本《はしもと》くんも早めに撮影の資料を読んでおいて。昨日もバタバタして目を通してないって言うし、さっきの打ち合わせにも出られなかったでしょう？　段取りや進行状況はぜひ頭に入れておいてねぇ」

少し語尾を延ばすようなおっとりとしたしゃべり方をする林の言葉に潤は頷《うなず》いた。

飲食物が並ぶテーブルには、たった今潤がコンビニで買ってきたごく一般的なドリンクとは別に、前日のうちに林が用意したという海外ブランドのしゃれたジュースのボトルやミネラルウォーターなども取り揃《そろ》えられていた。デザートにいたってはまるでデパ地下並みの豪華さで、おしゃれなものが多いのもファッション雑誌の撮影ならではだろう。

泰生《たいせい》の事務所でもこういう雑務を担当している潤だから、この品揃えはとても勉強になる。

「泰生が好きなミネラルウォーターもある。っと、そんな場合じゃなかった」

潤は郷司たちがいるスペースへ戻ろうとして、その場の張りつめたような雰囲気に気付く。

潤たちが今いるのは、洋館のロビーに当たる場所だ。深い赤の絨毯《じゅうたん》が印象的な大階段を背にして三十畳ほどあるロビースペースには、撮影準備のために大勢のスタッフが動いていた。潤たち編集スタッフはもちろん、立派なヒゲを蓄えたフランス人カメラマンやその助手たち、今日の撮影で特集されるフランスの老舗ブランドのプレス担当者もいる。

その誰もが神経を尖《とが》らせているようなのだ。もしかしたら間もなくモデルが到着するせいなのか。現場のピリピリとした緊張感は時間がたつごとにどんどん高まっていく。

少し注意が必要なモデルなのかもしれない。

「――さん、入ります」

資料をめくりながらそう思ったとき、入り口でモデル到着の声がした。間に合わなかったと焦りながら振り返ると、思ってもいない人物が潤の目に飛びこんでくる。

「え……」

百九十を超える長身に男らしく整った顔、甘さと鋭さを内包する潤が大好きな眼差《まなざ》しがざっとロビーを見回した。

「泰生……」

呟《つぶや》いた潤の声が聞こえたように、泰生の視線がこちらへ流れてくる。呆然《ぼうぜん》とする潤と目が合うと悪戯《いたずら》っぽく笑みを浮かべたがすぐに視線を逸《そ》らした。しかし、意識は潤にあるとばかりに泰生はおもむろに唇に立てた人差し指を押し当てる。さりげないしぐさだったが、潤にはサインを送っているのがわかった。秘密だろ、というように。

そうだった！　泰生と親しい関係にあることは内緒にするんだった。

すぐに思い出して、潤は慌てて顔を伏せる。そうして周囲を見回してようやくホッとした。

泰生の登場は潤だけでなくここにいるすべての人間にとって威力があったようだ。その圧倒的な存在感に、皆の視線が集まっていた。

泰生が今日の撮影のモデルだったんだ。知らなかった……。

昨夜、潤は撮影へ連れていってもらうことを話したのに、泰生も何も言わなかった。けれど思い返してみれば、話を聞きながら泰生はわけもなく上機嫌だった気がする。自分を驚かせる

つもりだったのだろうと潤は少しだけ恨めしく思う。

泰生がロビーを歩き去ると、わっと大きな声が上がった。皆が興奮したように目を輝かせて、泰生のことを思い思いに話し出す。そんな場の雰囲気には、潤の方が圧倒された。

「挨拶に行くよぉ。橋本くんたちもついてきて」

今日もスリムなパンツスーツというマスキュリンスタイルの副編集長とワンピースにジャケットを羽織った林が並んで颯爽《さっそう》と歩いて行く。その姿はファッション雑誌のバイブルと誉《ほ》めそやされるガレス・ジャパンのファッションエディターにふさわしいかっこよさだった。

郷司と村田ははしゃぎながらそんな二人のあとをついていく。潤はさらにその後ろだ。

行き先はモデルの控室として取ってある客室の一室である。興奮したように顔を赤くしている郷司と村田の後ろから潤も部屋を覗《のぞ》きこんだ。

「失礼いたします――」

部屋には大量の衣装が並べられており、スタイリストの女性が慌しく動いていた。その傍らで、ソファに座った泰生が老年の外国人女性と話している。今日の撮影のために本国フランスからやってきたというブランドの重鎮で、フランス語で交わされている話の内容から彼女が泰生の熱狂的なファンらしいのがわかった。

彼女との会話が終わるまで挨拶は待つらしく、潤たちはドアの近くで待機だ。

今日泰生が身に着けているのは柔らかいシャツにトラウザーズ、別立てのジャケットは仕立てのいいイタリア製のものだ。首元にストールを巻いてソファに優雅に足を組んで座る泰生は、珍しく穏やかにフランス人女性の話に耳を傾けていた。

「すごいすごい！　本物のタイセイだ」

「うん！　かっこいいね。サインとかもらえないかな。写メだけでもいいけど」

その間、郷司と村田は我慢しきれないとばかりにこそこそと話し出す。咎《とが》めるように林が目を尖らせると、その時だけは首を竦《すく》めるが、郷司たちの興奮はいや増すばかりらしい。

「お話し中にすみません。今日はよろしくお願いします。ガレス・ジャパン副編集長の前里とアシスタントの林です。あと、本日はインターンシップ生にも見学の許可をいただきましてありがとうございます」

ようやく会話にひと段落ついたらしい合間に、副編集長が声をかけた。

泰生の視線がすうっと上がる。副編集長を見る目は無表情に近いビジネスライクなもので、その後ろに立つ潤は久しぶりに受けた他人行儀な眼差しに少しだけ衝撃を受けた。寂しい気持ちがするけれど仕方がないと、体の横でぐっと拳を握る。

また副編集長の話から、やはり泰生が今日の撮影に潤たちインターンシップ生が参加するのを事前に知っていたのがわかった。

「別に、邪魔にならないんなら構わないぜ」

面倒くさそうな表情を見せながらも泰生の口調は軽くて機嫌がよさそうなのを察した。そうしてじろじろと副編集長やその後ろに立つ林やインターンシップ生を見て何か思案したかと思うと、ブランドのプレス担当者にフランス語で話しかける。

『せっかくフランスからマダムが来ているんだから、今日の撮影は全部フランス語で行こうぜ。日本語で進行してたんじゃ、何をやってるのかマダムもわかんねぇだろ』

そんな趣旨の発言だった。

泰生の言葉に老年の女性は顔を真っ赤にして喜んでいる。ブランドのプレス担当者は日本人のようだったが、フランス語は大丈夫のようだ。それどころかフランスからわざわざやってきたブランドの重鎮を意識した泰生の発言は、プレス担当者としても願ったり叶ったりのようで喜色を浮かべて頷いた。

『なんてすばらしい提案なの！　今日はきっといい撮影になるわ』

プレス担当者はさっそくフランス語で歓喜の声を上げている。慌てたのは、ガレス・ジャパンのスタッフたちだ。

「あの、何か——何があったんですか」

副編集長の前里が引きつった笑顔を浮かべてプレス担当者へつめ寄っていく。

「タイセイさんが、今日の撮影はすべてフランス語で通すとおっしゃったんですよ――」

フランスから来たブランドの重役のためのサプライズだと説明するプレス担当者に、副編集長と林は顔を青くしていく。

今日の撮影では八十周年記念特集という主旨もあって、ブランド側の意向が多く取り入れられているせいか、フランス人カメラマンを筆頭にフランスで人気だという日本人スタイリストやヘアメイクアップアーティストなどを呼び寄せており、主要なスタッフに言葉の問題はないようだ。が、副編集長が顔色を変えるように、ガレス・ジャパンサイドの二人はフランス語が話せない。以前編集部でそう言っていたのを潤も聞いている。

「橋本くん！」

それまで皆の一番後ろにいた潤を、副編集長が切羽つまった顔で振り返った。

「はい！」

その鬼気迫るような表情に潤は思わず元気よく返事してしまう。その場の皆から注目を受けてしまい、顔を真っ赤にして副編集長へ顔を向けた。

「フランス語、出来たよね⁉」

小声だが力強く問われて潤も大きく頷く。そんな潤を、副編集長は引っ張るように部屋の隅へと連れていくと、懇願するようにつめ寄った。

「今日の撮影はフランス語で行われるらしいの。橋本くん、通訳をお願い出来るかな？　いいえ、どうしてもやってもらいたい。出来る限りでいいわ。あなたにかかっているの！」

「やってみます」

ためらう時間さえ許されないような必死さに、潤は覚悟を決めて返事をした。そうして副編集長に連れられて、今度はガレス・ジャパンの先頭に立たされる。泰生やブランドサイドの人たちと直接話すことになって、潤は緊張でごくりと喉を鳴らした。

「失礼いたしました、改めてスタッフを紹介します。ガレス・ジャパンでアシスタントをやっている橋本です。まだ新人なのですが、フランス語でしたらこの橋本が出来ますので、何かございましたら遠慮なくおっしゃってください。橋本くん、挨拶をしてくれる？」

隣に立つ副編集長に紹介されて、潤は背筋を伸ばす。

「初めまして。ガレス・ジャパン編集部のアシスタントで橋本潤と申します。今日は私がガレス・ジャパンを代表して通訳を務めさせていただきます。どうぞよろしくお願いします」

日本語で挨拶をしたあと、フランス語でも同じことを口にする。

副編集長からアシスタントと紹介されたのだから、インターンシップに参加している学生とは口にしない方がいいだろうと判断したが、正解だったようで隣でホッとする気配がした。

『へぇ？　可愛《かわい》い顔してんのに、優秀なんだな』

しかし泰生から返ってきた返事はからかうような感じのものだった。悪戯っぽく目を光らせて、初対面の相手のように潤へ話しかけてくる。潤の戸惑いも関係なくぐいぐいと内側へ踏みこんでくるようななれなれしさは泰生と初めて会ったときを思い出させた。

『潤って呼んでもいいか？　構わねぇよな。で、潤は恋人はいるのか？　そんな可愛い顔をしてんだから、恋人のひとりぐらいはいるよな。いねぇんだったら、おれなんてどうだ？』

『え、あの……えっと』

にやにやと見上げてくる泰生の眼差しととんでもない問いに、潤はぎょっとした。

絶対、絶対っ、泰生は面白がってる！

フランス語がわかるブランドサイドの二人も興味深そうに潤を見てくるし、潤は困って焦って、全身から汗が噴《ふ》き出してくるようだ。

「どうしたの？　橋本くん。タイセイさんは、何ておっしゃってる？」

副編集長がそっと訊ねてきて、潤は自分の立場を意識した。

そうだ。今自分は、ガレス・ジャパンのスタッフとしてここに立っているのだ。ちゃんと仕事をしなければと奮い立つ。

『あっ、ありがとうございますっ。でも恋人はもういますから、その申し出はお断りさせてください。さっそく仕事の話に入ってもいいですか！』

自分の顔が真っ赤になっているのを意識する。もしかしたら耳の先まで赤いかもしれない。それでも何とか話を先に進めようと懸命になった。泰生もそんな潤を見て意識を変えてくれたのか、残念というように肩を竦めたあとは先へ進めていいというジェスチャーをする。

「副編集長、打ち合わせを……」

副編集長に耳打ちすると、頷いて資料を取り出した。潤を通じて、副編集長が泰生を相手に打ち合わせを行っていく。仕事となると泰生も表情を改める。

そんな泰生を前に、潤は非常に困惑していた。今朝も一緒に食事をした泰生である。潤の大好きな恋人なのに、まったくの他人の振りをして話を進めなければいけないことは、嘘《うそ》や演技が出来ない潤にとってはかなり難しかった。泰生に親しげな会話をしそうになったり、泰生の真摯な顔に見とれて通訳をするのを忘れそうになったりすることもしばしば。

だから打ち合わせが終わったときには、潤はすっかり疲れ切ってしまっていた。

『では、衣装チェックをお願いします』

打ち合わせを終わらせるとようやく撮影に入るかと思いきや、今度はスタイリストと相談して、用意した服の中から撮影に使う衣装を決める作業が始まった。

洋館のこの場所で、この衣装を着て、こんな風に撮影をする——いわゆる絵コンテや撮影ラフと呼ばれる構図イメージをスタイリストと相談して事前に決めるのはファッションエディターの大事な仕事で、だからコーディネートはすでに決まっているのだが、実際現場で衣装を身に着けてポージングしてみると背景の雰囲気と衣装がそぐわなかったり、背景とのコントラストによっては衣装の色がきれいに出なかったりということも多いという。しかしジャケットをひとつ変えることで今度は他とのバランスが悪くなり、シャツやズボン、ネクタイやバッグなどの小物にいたるまですべて変更しなければいけなくなるらしい。

だから撮影前に、それらをチェックして調整する作業は大変だがとても大事なことのようだ。

それが終わると、ようやく撮影である。

まずは館の中でも一番いい部屋とされる貴賓室で撮影が始まった。ホテルの備品もさることながら、副編集長たちが準備した大量の小道具もラグジュアリーなものばかりだ。

デコラティブなインテリアに囲まれた一室で、潤はスタッフの真ん中に立っていた。

「ドラマティックな写真にしたいのよ。一幅の絵画に見えるようなね」

副編集長の言葉に頷き、潤はフランス人カメラマンにその意図を伝えていく。

撮影現場では、編集スタッフは撮影が上手《うま》くいくように監督のような役割をする。事前に作っておいた絵コンテに沿って撮影を進めるのだが、スタイリストやヘアメイクスタッフと話し合って納得のいく写真が撮れるようにフォローしたり、立ち会うブランドのプレス担当者の意見によっては現場スタッフに変更の指示を出したり。撮影のあとにパソコンに飛ばした撮影画像をチェックするのも大事な仕事だった。

カメラマンやスタイリストと話し合いながらの作業のため、通訳を務める潤もその場に立ち会った。ブランドの重鎮のフランス人女性の意向を潤が伝えると副編集長は頷きながら、しかし違う意見を押し出そうとする。そこに今度はスタイリストが声を上げることもあり、そんな諸々の調整にも副編集長は四苦八苦していた。もちろん潤も懸命に通訳する。

「タイセイさん、今日は機嫌がいいみたい。よかったわ」

撮影が行われているのを見ながら、隣に立つ副編集長がホッとしたように呟いた。

「そう……なんですか？」

仕事にはどこまでもストイックでシビアなところさえある泰生だから、自分の機嫌を仕事に持ちこむような人間ではないと潤は思ったのだが、副編集長は小さく苦笑する。

「タイセイさんは仕事に厳しい人でね。だから失敗が続いたりすると、とたんに空気が凍るの。『こんなことも出来ないのか、阿呆《あほう》』っていうような冷ややかな視線を投げられてみなさい。体なんて固まってしまって、もっと失敗だらけになるわ。そういうのもあって、本当はタイセイさんの仕事に新人なんて連れていけないんだけれど、編集長から今日の撮影には君たちを連れていけって厳命されてね。実際、林さんだって今日が初めてなんだから」

「そうなんだからねぇ。橋本くんたちは前にも『ドゥグレ』のパーティーへ連れていってもらってるし、すっごく恵まれてるよ」

先輩たちの話を聞きながら、潤は改めて撮影中の泰生を見た。

黒髪をきれいに撫《な》でつけて妖《あや》しくメイクアップされた泰生は、今は艶のある黒のスーツにスティフブザムの白シャツとボウタイを身に着け、椅子に大きく足を広げて踏ん反り返るように座り、もの憂げにカメラのフラッシュを受けている。

もしかして上水流編集長が今日の撮影に潤を誘ったのは、今回のモデルが泰生だったからだろうかと推測した。それとも、泰生が潤を撮影へ連れてくるように頼んだのか。

いや、でも今回は潤と泰生の関係は秘密だし、泰生だって口にしないと思うけど……。

潤が先日上水流編集長と一緒にカフェで休憩を取ったときの会話を思い出していると。

「副編集長、やっぱり郷司さんのコネの力ですか？　仕事もろくに出来ないくせにぃ、主張だけはするんだから、あの子は。化粧品の大手口コミサイトの社長令嬢でしたっけ。うちの編集長は、圧力なんかには屈しないって思ってたんですけどぉ」

思わぬ発言に、潤はぎょっとする。郷司に聞かれたらことだと思ったが、当の本人はロビーの隅にいるのを見て胸を撫で下ろした。

何だ。そっか、今日はおれのためなんかじゃなくて郷司さんの力だったんだ。

勝手にいろいろ考えていた自分が恥ずかしくなる。

「編集長に何か考えがあったんだろうね。でも、今日は大正解だったじゃない。橋本くんがいなかったらどうなっていたか、考えただけでゾッとするわ」

「本当ですねぇ。でもこんなことって、よくあるんですかぁ？　タイセイさんて、仕事に関してはモデルにありがちな身勝手な振る舞いはしないって聞いてたんですけど」

林の声がさらに小さくなる。が、ここは聞いておきたいとばかりに口調は強かった。

「タイセイさん流のお遊びだと思うわ。タイセイさんって自分が演出をやってるからか、たまに撮影中にとんでもないことを提案したりして、現場を大混乱に陥れることがあるのよ。でも、結局はそれで撮影は大成功するの。ほら、伝説になっているガレス・アメリカの雪が降ってる中での撮影、あれだってタイセイさんの提案だったらしいね。撮影スタッフは死ぬ思いをしたらしいけど、クライアントからは絶讃《ぜっさん》されたし、実際ガレス・アメリカのあの号は売れに売れて、バックナンバーは今はプレミアがついて手に入らないって聞くわ。いいものを作ろうって気持ちがきっと強いのね」

「天才なんですねぇ。あ、今のポーズ、すっごくステキぃ〜。絶対これ使いましょうね！」

副編集長たちの話を聞いていると、泰生は本当に雲の上の存在のように思えてくる。

カメラマンの前でポージングを繰り返す泰生は指示もないのにピタリと決まっている。ＮＧを出さないのも泰生の通常で、モデルという仕事への真摯さは今も昔と少しも変わらないことに、潤は嬉《うれ》しくなってくる。

そんな泰生の視線が、カメラのファインダーが外れた瞬間、潤を捜し当てた。すぅっと泰生の黒瞳が色を変えて、潤の視線を釘《くぎ》づけにする。自分の撮影中に何別のことを考えてんだというように、きつく鋭く見つめてきた。

「っ……」

その鮮烈な瞳に、ぎゅっと胸が痛くなる。

撮影の真《ま》っ直中《ただなか》、アドレナリン全開の泰生だ。そんな恋人が意味を持って見つめてくる眼差しの熱さは今までにないほど圧倒的で、潤は心も体も搦《から》め捕られて呼吸さえ苦しくなった。

そうして潤が捕らわれたことに気付くと、一転泰生の瞳は甘くほころぶ。蜜をまぶしたような甘やかな眼差しにさらに微笑《ほほえ》みが加わって、潤の背筋はゾクゾクして心臓は早駆けを始めた。

どうしよう。膝が震える。頭がくらくらする——っ。

このままじゃ倒れると切羽つまったとき、恋人の黒瞳がようやくカメラの方を向く。その瞬間力が抜けたせいか一気に空気が肺の中へ入ってきて、勢いよく咳《せき》が出てしまった。

「……見ましたぁ？　今のぉ!?　タイセイさんって、あんな顔もするんですねっ」

涙ぐみながら咳をする潤の隣で、林がうっとり呟く。相づちを打ちながら、副編集長も鳥肌が立ったとばかりに両手で腕をさすっていた。壁際に立っている郷司と村田にいたっては臆面もなく黄色い悲鳴を上げてしまっている。

「何かぁ、今こっちを見てましたよねっ。もしかして、副編集長がロックオンされたんじゃないんですかぁ!?」

「まさかまさか。絶対ないけど、あり得ないけど、でも想像したらにやけちゃうじゃないの〜」

普段サバサバとして男らしくさえある副編集長が、抱きしめた体をくねくねさせる姿は、大人の女性なのに何だかとても可愛らしい。

眦《まなじり》ににじんだ涙を拭いながらそれを見て、泰生の魅力のすごさを潤は実感した。

そんなすごい泰生が、本当は自分の恋人なんだ。秘密にしていることを思うと、何だかとてもいけないことをしているようでドキドキする。背徳感というのはこういう感じだろうか。

何かちょっと息がつまる――……。

『ちょっと来てくれ』

そんな時、カメラマンがこちらへ向かって手を挙げて、潤ははっと我に返る。副編集長たちもさっと意識を切り替えたようで、潤と一緒に足早に歩き出した。

ひと段落したのは、昼を大幅にすぎた時間だった。

「タイセイさんに持っていくお弁当ってどれがいいだろうね」

「イメージ的にはおしゃれなカフェ弁とか食べて欲しいですねぇ」

「いやいや、やはり男性だからガッツリでしょう！　ま、取りあえず全部持っていって選んでもらいましょ」

撮影が終わるとさっさと控室になっている客室へ引っこんだ泰生へ、昼食を持っていくことになった。というのも、泰生のファンであるブランドの重鎮が外出して一緒にランチを取らないかと熱心に誘ったのが鬱陶《うっとう》しかったようで、集中したいから誰も入ってくるなとシャットアウト中なのだ。ガレス・ジャパンのスタッフやブランドのプレス担当者では決して逆らえない相手だったため、仕事中だからと断った泰生にスタッフの皆がホッとしたのは言うまでもない。

「あの、私たちも一緒に行っていいですか？」

撮影中は泰生を怒らせることを恐れてただ見学だけをさせていた郷司と村田にも、くれぐれも粗相だけはしないでくれときつく念を押して、一緒に控室へと行くことになった。

「橋本くんだけ、ひとりいいよね。あんな前線で仕事をさせてもらって。言っとくけど、今日の撮影に来られたのは私のおかげなんだからね。私がパパに雑用ばっかでつまんないってずっとグチってたから、きっと圧力をかけてくれたのよ。特別にこうして撮影に連れてきてもらえたんだわ。なのに、私を差し置いて橋本くんが目立つなんておかしくない？」

副編集長たちの後ろから弁当を両手に抱えて歩いていた潤に、隣の郷司がぎすぎすしたもの言いをする。村田も同じことを考えているのか、不機嫌そうな顔でこちらを見ていた。

「だいたい橋本くんってさ、まだ大学二年なんだから、もうちょっといろいろ遠慮するべきでしょ。常識的に考えて、先輩の私たちにちょっとは譲ろうって気にならない？　しかも変にやりすぎるから、何だか私たちが出来ない子みたいに思われてすっごく感じ悪いしさ」

「それは……郷司さんたちも積極的に何かすればいいいんじゃないかと思うんですけど」

「積極的にって、何をよ」

大人しく見える潤が言い返してくるとは思わなかったようで、むっと押し黙った郷司の代わりに村田がきつい声で言葉を返してくる。

「だから、電話を取るのを頑張《がんば》ったり仕事はないかって先輩たちに自分から聞いてみたりとか」

「……それで失敗でもしたらどうするのよ」

「失敗したら謝ってフォローに回ればいいと思います。会社の先輩たちだって、インターン生が出来ないような仕事を任せるはずはないし、失敗を恐れて何もしないより取りあえず動いた方が、せっかくの貴重なインターンシップだから勉強になると思うんですけど」

潤が言うと、村田は何かを考えるように指で長めの前髪を触る。そうして唇を尖らせて、今度は少し落ち着いた口調で話し出した。

「だって、電話だって誰からかわからないのに出るのって怖いじゃない。早口で何言ってるのか聞き取れなかったり、この前なんてほんのちょっともたついただけでムカつかれたし」

「うーん。それは……でも、電話の先にいるのも普段周囲にいるような普通の人たちなんだから。あっ、だったら例えばですけど、電話に出るときに窓から見える優しそうな通行人を見つけて、あの人から電話がかかってきたんだって考えるのはどうですか？　そうしたら、電話を取る抵抗も少なくなると思うんですけど」

「くくっ、何それ。いちいち電話のたびに、優しそうな人を窓から見下ろして探すの？」

おかしそうに村田に笑われて、潤は自分が言ったことが恥ずかしくなった。すぐに何か他のことを言わなきゃと考える。

「えっと、それに、ちゃんと話せばわかってくれるはずです。早口の人だったら少しゆっくり話してもらえばいいと思うし、今度はムカつかれないように上手くしようと対策を考えたらどうでしょう？　もたついたときに何が原因だったかって自分で分析したり」

「そうね。じゃ、突然英語で話されたら？　私だって英語は多少自信もあったのに、電話口でペラペラってしゃべられると全然わかんなくなるんだ」

「パニックになるんですよね！　わかります、おれも最初はそうだったから。でも何回か電話を受けるとだいぶん気持ちも落ち着いて聞き取れるようになりますよ。慣れないうちは、紙に英文を書いて電話を取るときに必ずチェックしてました。もっとゆっくり話してくださいとか少々お待ちくださいとか。わかっていても、そんな時って簡単な英語さえ出てこないので」

「あ、そうだね。それいいかも！」

パッと笑顔になった村田に、潤も嬉しくなって頷く。

「ちょっと村田さん、何ひよってるのよっ」

ただそんな二人を、さらにきつい表情になった郷司が睨《にら》んできた。あっという間に村田の顔から笑顔が消えて、潤は残念に思う。

「ちょっとあなたたち、何か揉《も》めてるの？　タイセイさんの控室も近いんだから、そろそろ静かにしてくれるかなぁ」

そこに前を行く林からチェックも入って、三人とも口を閉じることになった。

念のためにフランス語で話しかけるようにとの副編集長に、潤は客室の扉をノックする。

『ガレス・ジャパンの橋本です。泰生…さん、昼食をお持ちしました』

潤が声をかけると、中から入れとの声がした。潤が先頭で部屋に入ると、ひとり泰生が着替え中で、私服のシャツを羽織っているときだった。

「わっ」

シャツの合わせから覗く裸を見て潤が思わず上げた声に、泰生がくっと笑い声を出す。

「あ、すみませんっ」

すぐに潤は立場を思い出して頭を下げた。日本語で謝ったことに気付いて、さらにフランス語でも謝罪する。隣では副編集長が青い顔で動向を見守っている。林やインターンシップの二人にいたってはガチガチに固まっていた。

『相変わらずかーわいいの。裸なんて昨日も見ただろ、た〜っぷり。んで、何？　あぁ、弁当を持ってきたのか。潤の分もあるんだろ、一緒に食おうぜ』

『ちょっと待ってください。おれはまだ仕事中なんです。そんな勝手なことは出来ません』

『おれがいいって言ってんの。だから平気だ』

『平気じゃないですって！』

フランス語がわかる人間がいないせいか、泰生はもうしゃべりたい放題で、潤は非常に焦る。

『撮影はどうだった？　よかっただろ？　ちゃんと感想を聞かせろよ』

『よかったですけど、今はそんなことを言うときじゃないというか……』

『はぁ？　じゃ、いったいいつ潤と話せるんだ』

『それは、だから家に帰ってからでもいいじゃないですか！』

先ほどまでの撮影の名残がまだあちこちに残っていた。黒髪は後ろへきれいに撫でつけられており、どこか妖しいようなメイクも施されたままだ。撮影のテーマである美や快楽を追及し続けた退廃的な世界をその身で以《もっ》て体現していた泰生が、今はフランクに潤をからかいながらシャツのボタンをとめている。その不可思議さにも潤は戸惑った。

今日は特に世界観を作ってあったせいか、何だか映像の中の人としゃべってるみたいだ……。けれどちょうどそんなタイミングで、潤たちガレス・ジャパンのスタッフが泰生の控室にいることを聞きつけて、スタイリストがやってきた。この控室に準備している衣装のことで、午後の仕事の前に少しだけチェックさせて欲しいとのことだ。フランス語もわかるスタイリストの登場に、潤はようやくホッとする。これで泰生も少しは自重してくれるだろう。

『それでは泰生さん。好きなお弁当を選んでください』

今のうちに仕事をしようと、潤は持ってきた弁当をテーブルに広げた。

『えー？　つれねぇな、ガレス・ジャパンの通訳さんは。ちょっとぐらいおれの相手をしても困らねぇだろ。そんなんじゃ、へそを曲げてこの先の撮影に影響するかもよ？』

『そ…そんなこと泰生は絶対しません！　いえ、あの…泰生さんは仕事に真面目な方なので、そんなことはしないと思います』

しかし泰生は、そんな状況さえ楽しもうとでも言うのか、笑顔を浮かべながら潤をからかってくる。潤が混乱して言葉を乱すと、肩を揺するように笑い出す。

『はいはい、そんなに期待されてんなら仕方ねぇな。通訳さんの言う通りに真面目に仕事することにするか』

それでも潤を追いつめる気はなかったようで、泰生はさっと話を切り上げると横浜の老舗ベーカリーが作った特製サンドイッチセットを手にした。

『――では、そういうことで。午後からもよろしくお願いします』

副編集長と午後の撮影についての簡単な打ち合わせをして部屋を出て、潤はようやくほっと息をついた。隣で副編集長や林も同時にため息をついたのを聞き、潤は苦く笑う。

何だろう。泰生サイドにいないというだけで、圧倒するオーラを当てられたように体がこわばってしまう。失敗してはいけないとガチガチになっている林の緊張につられてもいるようだ。

「もしかして、橋本くんってタイセイさんに気に入られたんじゃない？」

「あぁ、私もそう思いましたぁ」

副編集長の言葉に、ようやく体から緊張が解けたらしい林が同意する。

「あそこまでフランクなタイセイさんって、私も初めて見るわ」

「気難しいことで有名ですよねぇ」

「そう。今日は橋本くんがいて本当に助かったな。今じゃ、日本の雑誌がタイセイさんをモデルに使うなんてほとんどないからね、貴重な機会なんだ。うちは編集長がタイセイさんと知り合いだから何とか時間を作ってもらってるんだけど、だからこそ失敗したくない。今日は本当に機嫌がよさそうだから、この後の撮影も楽しみだわ。橋本くん、午後もよろしく頼むね」

潤が副編集長に大きく頷いたときだ。パタパタと後ろから小走りで近付いてくる音がして振り返ると、先ほど泰生の控室に仕事のためにひとり残ったスタイリストがいた。

「タイセイさんが、通訳さんを呼んでます」

話を聞いて副編集長たちと一緒にまた廊下を戻ろうとしたが、それをスタイリストが止める。

ベテランスタイリストらしい女性は潤へと視線を移してきた。

「通訳さんだけに来て欲しいって。話がしたいんですって」

「おれだけですか?」

スタイリストに大きく頷かれて、潤は困惑して副編集長を見る。

「何だろう。橋本くん、心当たりある?」

「と…取りあえず行ってきますっ」

潤を見つめる視線の鋭さに冷や汗が出た。泰生と何かしら関係があると気付かれたわけではないと思いながらも、いろいろと勘繰られる状況であるのは確かだ。何はともあれ、用事があるのなら話を聞きにいこうと副編集長たちに頭を下げて歩き出す。

泰生の控室となっているドアをノックして、そっと中へ入った。

「ご苦労」

窓際のアンティークなソファに、ゆったりと足を組んで泰生が座っていた。鷹揚《おうよう》に手を上げるさまは偉そうだが、強いオーラを放つ泰生ゆえにまるで王さまのように見えた。襟元を崩したシャツとトラウザーズ姿であっても、少しもそのカリスマ性を損なわない。

見とれていたせいか、こちらへと伸ばされる腕に気付かないうちに近付いていた潤は、泰生の手に摑《つか》まった瞬間引っ張られて、あっという間に泰生の懐に抱きこまれてしまった。

「ちょっ……泰生っ」

ソファに座る泰生の腕に、まるでペットか何かのように抱えられる。

「あーもう、すげぇ楽しい！　あれだあれ、秘密のオフィスラブ。誰にも内緒で密かに愛を育むとかこんな感じじゃねぇ？　潤の、この変装の黒メガネもいいよな。隠れていけないことをやってる雰囲気ありすぎ。今度このノリでセックスしようぜ。絶対楽しいから」

「そんなの楽しくないですっ。もっ、離してくださいっ」

「しー、そんな大きな声を上げるな。ドアの外で聞き耳を立てられていたらどうする。何ならフランス語で話すか？」

ここに入ってきてからずっと日本語で話していた泰生につられて潤も日本語を口にしていたから、これには潤もひやりとして背後のドアを振り返った。もともとホテルとして建てられた建物ではないせいか、防音性はあまりないことに潤も気付いている。

けれど話す言葉をフランス語に変える前に、やるべきことがあるではないか。

「泰生がこの手を離してくれたら簡単に問題が片づくんです！」

「それはおれが嫌だからしねぇの」

頭の上でクックツと上機嫌に笑う泰生に潤はひとしきり抵抗するが、長い腕は潤の体に絡みついて離れなかった。最後には、潤の方が疲れて泰生の胸に凭《もた》れてしまう。

「もう。何か話があるんじゃないんですか？」

「ないぜ。つぅか、潤がつれなかったせいだろ。さっきだってさっさと出て行きやがって。おまえは誰の恋人だよ。せっかく秘密の恋人ごっこをやってんだ、もう少しおれに色目を使え」

「え～～」

色目ってどうやって使うんだろう？　というか、色目の使い方ってそういうので正しいんだっけ……。

怪訝《けげん》に思いながら、潤は泰生の腕の中で安定出来る姿勢へと体を動かす。泰生もそれを助けるように手を貸してくれたが、最終的に泰生の膝の上に向かい合って座る形に収まった。

「今日はびっくりしたんですからね。どうして昨日でも今朝でも、撮影のモデルは自分だって言ってくれなかったんですか」

「言ったら面白くないだろ。せっかく潤が知らなさそうだったし、それじゃ現場で思う存分驚いてもらおうって思ってな」

　これだから……。

　得意そうな顔をしている泰生に、潤は苦笑いする。

「でも泰生が今日はフランス語で通すと言ってくれたおかげで、すごい体験が出来ました。撮影中に、あんな真ん中で仕事に携われるなんて思ってもなかったです」

「まぁ、今日の撮影に来たのが編集長だったら考えもしなかったな。あの女史は少しフランス語も出来ただろ。でも副編集長だったからさ。以前フランスのコレクションの際に取材を受けた記憶があるが、確かしゃべれなかったんだよな。ま、もうひとりのアシスタントがしゃべれる可能性はあったが」

「え……。撮影でフランス語を話すことにしたのは、あのフランスのマダムのためじゃなかったんですか⁉」

　思わぬ言葉を聞いて、泰生を見る。黒い瞳には面白がるような色が瞬いていた。

「まさか……？」

　じっと見つめる潤に、しかし泰生はふっと唇を歪《ゆが》めるように笑って視線を逸らす。泰生ははぐらかしたけれど、潤の推測は間違ってなさそうだ。

泰生がどんな意図でそうしたかはわからないが、撮影も特に混乱はなく順調で、フランス人カメラマンなど母国語での仕事になったからかノリにノッて現場の雰囲気はとてもいい。ガレス・ジャパンとしては大変だったかもしれないが、トータルで見ると最上の結果となっていた。

「ありがとうございます」

泰生のちょっとした思いつきか悪戯なのかもしれないが、実際こうして潤が撮影で活躍出来る場を作ってくれたことに礼を言うと、泰生は潤の顎をまるでペットにするように指先でくすぐってくる。

「じゃさ、その感謝の気持ちをちゃんと態度で示せよ。午後の撮影んときこそ、秘密の恋人ごっこをしようぜ。何かしぐさで合図を送り合ったりしてさ？」

「それは出来ません！」

突きつけられた条件に、潤は慌てて首を振った。そんな潤に、泰生は何でだよとばかりに不満そうに鼻の頭にシワを寄せる。

「だって、ちゃんと仕事だって気持ちにブレーキをかけておかないと、泰生ばっかり見てしまうんです。気を逸らさずに仕事をするのに一生懸命で、他に何かする余裕なんて少しもないです。あまり器用なことはおれには出来ないんですからね！」

「威張って言うことかよ、ばーか。しかも何だよ、可愛いこと言ってくれちゃって」

泰生は苦笑し、おもむろに潤の顔からメガネを取り上げると、潤の胸ポケットへ滑りこませた。そのまま後頭部へ回った泰生の手を意識した潤だが、優しい眼差しのせいか抵抗しなかった。促されるままに泰生へ顔を寄せてしまう。

「……ん」

柔らかく唇が触れたあと、一度離れて今度は強く押し当てられた。唇同士を左右に擦《こす》り合わせて、緩んだ隙間から舌が滑りこんでくる。

「ふ……、ん、ん」

泰生の手は、潤の首筋をくすぐったあとに顎を支えるように移動した。大きな手は温かくてホッとするのに、泰生のキスは潤の体の奥を揺さぶるような情熱的なものだった。騒《ざわ》めきだす背中に、潤は何とかキスをやめようと泰生の唇を指先で塞いだ。

「……っは、た…泰生っ。おれはまだ仕事中だからっ」

しかし泰生はそんな潤の指にガジガジと甘く歯を立ててくる。それにさえ、潤の背筋は震えた。さらに恋人は官能的な微笑みを浮かべて誘惑してくる。

「それがいいんじゃねぇか。誰にも内緒でこんなことやってんだ——燃えるじゃねぇ？」

「んんっ」

指を払いのけられて唇に噛《か》みつかれ、うなじにぴりりと電流が走った。熱い舌で唇を舐《な》められると、吐息がこぼれそうなほど気持ちがよかった。

けれど気持ちがいいから困るのだ。

「ん、んっ…だからっ、ダメ」

うなじに浮いた鳥肌を指先でなぞられた瞬間、震え上がって潤は全力でキスを振り解《ほど》く。泰生の胸に手をついて、何とか体を離した。そんな潤を、泰生は不満そうに甘く睨みつけてくる。が、ふっと眼差しが緩んだかと思うと悪戯っぽい表情を浮かべた。

「な、だったらさ。おれが潤にモーションかけるんだったらいいんじゃね？　ガレス・ジャパンの通訳スタッフに、おれが恋しましたって口説くんだ。潤は普通に仕事してろよ」

「へ？」

「全力で落としにかかってやるよ。せいぜい抵抗するんだな」

ぎらりと音がするような強い目で見られて、胸を撃ち抜かれたような衝撃に、潤は一瞬にして顔が赤く染まった。しかしすぐにあっと我に返って、今度は反対に顔が青ざめていく。

泰生が全力で口説くなどどれほどの威力があるのか。

ただでさえかっこいい泰生だ。潤も心の底から傾倒している。それなのに、他人を装って一から落としにかかるなど、結果は目に見えているではないか。

「だ、だだだっ、ダメです！　そんなことされたら、おれなんか一瞬で落とされるに決まって

るじゃないですか！」

悲鳴を上げると、泰生が大きく噴き出した。腹を抱えて笑い出した泰生を、潤は体を離して立ち上がって見下ろす。

「ちょっと、泰生！　笑うのはやめてください。話がないならもうおれ行きますからね」

泰生が笑いすぎであるのが悔しいせいもあるけれど、それ以上に腕時計を確認して、少し時間を取りすぎた気がした。だから退出しようと声をかける。それでも笑い続ける泰生に、潤は申し訳ないながらもゆっくりドアの方へ歩き出した。

「待てよ、潤」

ドアノブに手をかけようとしたとき、笑い交じりの泰生に止められる。

「せめて合図くらい決めて遊ぼうぜ。おれがこうして――」

泰生がおもむろに首筋に手を当てた。

「首を触ったら『好きだぜ』の合図だからな。そうしたら潤はどう返す？」

最後にまたとんでもないことを言い出した泰生を、潤は熱くなった顔で見る。

『何も返しません！　失礼しました！』

仕事モードに入ったというのを主張するようにフランス語で言い捨てて、潤は勢いよくドアを開けて飛び出した。閉めたドアの向こうからまた笑い声が響いてきて、潤は恥ずかしさにさらに赤くなった顔を両手で覆ってしゃがみこむ。

どうして泰生は、ああもわがままで勝手で、なのにかっこいいのか。人が困るようなことばかり言ったりしたりするのに、それこそが潤の心をときめかせるのだ。

たまらないなぁと潤はそっとため息をつく。しばらくそうしてしゃがみこんでいたが、もう一度息をついて、今度は勢いよく立ち上がった。

「仕事しなきゃ」

午後からも撮影は続く。さっさと昼食を食べて、仕事に備えよう。

胸のポケットから先ほど泰生に入れられたメガネを取り出してまたかけると、絨毯が敷かれた廊下を速足で歩いた。

「橋本くん！」

ロビーに戻った潤に、副編集長が声をかけてくる。皆、弁当を食べているところで、潤も取っておいてもらった弁当を受け取った。

「それで、タイセイさんの話って何だったの？」

一番に聞かれたそれに、潤はあっと声を上げそうになる。

そうだった。泰生に呼ばれたのは話がしたいとのこと。今日の撮影での泰生と潤は、モデルと通訳という仕事上だけの関係なのだ。それゆえに、二人が仕事の話をしたと当然思うはずで。

「えっと、その……」

潤は、先ほど泰生の部屋にいたときとは違う意味で汗が噴き出してくる。

「今日の撮影は楽しいとのことです。重要な話ではなくて、そんなことを話しました」

考えて考えて苦し紛れに返事をすると、副編集長は訝《いぶか》しそうに潤を見た。その視線に顔がこわばってしまう。それでも潤が何もないと言い張ると、ようやく納得してくれた。

午後からの撮影は、先ほど泰生がいろいろ言っていたこともあって何かするのではないかと潤はちょっとだけ心配していたが、あの昼食の時間にひと通りからかったことに満足したのか、それほど問題になるようなことはなかった。

それも当たり前だろう。泰生は仕事に対しては本当に真摯でストイックなのだから。

ただ――――。

「どうしたのかしら。今日のタイセイさん、首に手を当てるポージングが多いね」

「でも、かっこいいから全然オッケイですよぉ」

副編集長たちの話を聞きながら、潤は密かに赤く顔を染め続けた。

「あのクリスマスリースが今年も欲しいわ」

姉の玲香《れいか》から思わぬリクエストをもらったのは、潤がインターンシップに励む最中だった。

玲香の言うクリスマスリースとは、昨年の姉の誕生日プレゼントとして潤が手作りして贈ったものだ。潤とは母違いの玲香は、十一月の終わりが誕生日である。今年も間もなくその日を迎えるため何か贈りたいと考えていた潤のもとに、本人からリクエストが入ったのだ。

日本でファッションリーダーとして活躍している玲香ゆえに、ふさわしいものを見つけ出すのは毎回楽しみでありながらも難しい問題で、だから昨年贈ったプレゼントをそこまで気に入ったとの言葉をもらって、潤は嬉しくてたまらなかった。

「今年作るものは、ナチュラルなクリスマスリースにしました」

昨年のクリスマスリースは、フラワーデザイナーのアシスタントをしている友人の白柳《しろやなぎ》未《み》尋《ひろ》に手解きしてもらって作ったものだ。

今回も未尋に相談すると、忙しい中時間を取ってくれた。場所は、都心の一等地に位置する花屋『スノーグース』。未尋が勤めるそこの二階には大小の教室を開くスペースがあり、その一室で今年も母の誕生日プレゼントにしたいという親友の大山《おおやま》も一緒に作ることになった。

ここ最近潤はインターンシップで忙しくしていたから、久しぶりに気の置けない友人たちとののんびりとした時間を大いに満喫することにする。

「今年はベース材から作っていきます。でもそれほど難しくはないから。このリース台に、こうしてブルーアイスの枝を括《くく》りつけていきます」

昨年より少し難度が上がって、まずはぶどう蔓《づる》をクルクルと丸めた茶色のリース台を隠すように針葉樹の枝をワイヤーで括りつけていく作業だ。ブルーアイスという緑が混じった白銀のとげとげの葉は神秘的で、何より香りがすごくいい。あらかじめ未尋にワイヤー処理を施してもらっているブルーアイスの枝束には、他にローズヒップの赤い実やナンキンハゼの白い実も混ぜられていて、この枝束をリース台につけるだけで簡単にクリスマスリースに仕上がるようだ。最後に松ぼっくりや茶色いコットンフラワー、モコモコとした丸い形状が可愛いドライフラワーのバーゼリアなどで飾りつけると出来上がりだった。事前に未尋が作った見本のクリスマスリースは、ナチュラルでありながらずいぶんと豪華なものである。

「潤くん、大丈夫？　あまり何回もやり直すと枝がぼろぼろになるよ……うん、新しいものを使おうか。大丈夫、ブルーアイスの枝はたくさん用意しているから」

潤が不器用すぎて失敗を重ねるのは今年も一緒だった。難易度が上がったのだから失敗の多さは去年以上かもしれない。それに比べて体を動かす方が得意そうに見える大柄な大山の手先の器用なこと。あっという間にクリスマスリースっぽい形が仕上がっていく。

「そういえば、潤くんってインターンシップに行ってるって言ってたけど、どんな感じ？　出版社って、どんな仕事をするんだ？」

思い出したような未尋の声に、潤はリース台から顔を上げた。

上手く出来ないと潤があまりに根をつめすぎていたから、おしゃべりで軽く気分転換させてくれるつもりかもしれない。それに大山も乗ってきた。

「おれも聞きたいと思ってた。おまえ、授業が終わるといつもすっ飛んで帰るし、メシの時間だって授業のレポートやら何やらやってて話出来ないから、ずっと気になってたんだ」

「う……ごめん。迷惑かけてる？」

突発的なインターンシップの時間を作り出すためにいろいろ努力をしている潤だが、そのせいで同じ大学で学んでいる大山にも迷惑をかけてしまったのかと潤は眉を下げる。と、大山は精悍《せいかん》な顔に苦笑を浮かべた。

「何もかけてない。相変わらず潤はいろいろ気にしすぎだ。そうじゃなくて、興味あるってこと。おれも機会があったらインターンシップをやってみたいし、出版社ってとこが気になる」

「あぁ、そっか。大山くんって、翻訳家志望だったよね」

潤が納得すると、未尋が大げさに声を上げる。

「ええ～!?　翻訳ってあれだろ、家にこもって英語の本と睨めっこする仕事。大山がそんなインドアな仕事をやるのか？　絶対似合わない！」

「ふざけんな、未尋。似合う似合わないで仕事を選ぶわけじゃねぇだろ」

むっとする大山に、実は最初に聞いたときは潤も未尋と同じように考えてしまったことを思い出して、首を竦めてしまった。

実は、大山の亡くなった父親が翻訳家だったらしい。特に絵本を多く手がけていた人らしく、その仕事の確かさと選ぶ言葉の柔らかさに、翻訳元の作家に絶大な支持を得ていたという。日本語へ訳すのに大山の父親以外嫌だと言い張る外国人作家も多かったらしく、しかしそれゆえに大山の父が亡くなって翻訳されないままの本も数多く残ってしまったようだ。大山はそんな本を父に代わって翻訳したいがために今の大学を受けて日々勉強に励んでいるらしい。

つい先日、潤が通訳の仕事にも関わりたいと話した折に打ち明けてくれた。通訳と翻訳という方向性が似ている分野だったことで、大山にさらなる親近感を抱いたのはいうまでもない。

「出版社で仕事といっても、インターンシップで任せられるのは主に雑用かな。コピー取りとか電話取りとか荷物運びとか。でもついこの間は大きな撮影に特別に連れていってもらって、それが偶然泰生のだったからびっくりしたんだ」

「それ、あの男が画策したんじゃねぇの？　潤を撮影現場に連れてこいって。あの男って、業界でそういう権力バリバリ持ってそうだし」

大山の人柄を気に入って泰生が変に構うせいで、何かと泰生を目の敵にするようになった大山が嫌そうに言う。そんな大山に潤は苦笑して首を振った。

「そんなことないよ。だって今の職場では、おれと泰生は何の関わり合いもないことになっているんだ。今回は泰生の影響力のないところで社会経験をするのが目的だったし、だからインターンシップに参加するのも別の人のツテを頼ってお願いしたくらいなんだ。撮影の件もだから偶然だと思う。というか、同じインターンシップに参加してる女の子のコネだったみたい。関係先の社長令嬢なんだって」

「へぇ、コネってやっぱあるんだな。で、出版社ってどういう雰囲気なんだ？　特にファッション雑誌を作る会社って、どんな感じだかさっぱりわかんねぇな」

「えっとね、とにかく服がたくさんあるかな。廊下にさ、次の撮影のときに使う服がこう、だ～っとラックに並んでるんだ。それも全部一流ブランドから借り受けてる服でね。そんなラックが廊下の左右にあると通れるスペースなんてもうこんな、人ひとりがやっとでさ、そこを通るたんびにおれは服を汚さないかって――…未尋さん、どうしたんですか、そんな笑顔で」

身振り手振りを交えて潤が話していると、未尋がなぜか潤を見てにこにこしていた。

「潤くんがいい顔してるなって。何かさ、九月にパリで会ったときもちょっと思ったんだ。潤くんがきれいになったたって。前に――鉄板焼を食べに行ったときとは表情が変わったなって」

未尋の言葉に、潤は目を瞬く。

「変わった、ですか？」

「そう！　何か、キラキラしてる。あ、もしかして泰生さんとの愛がさらに深まったとか？」

「そんなことっ」

顔を真っ赤にする潤に、未尋はにやにやと笑う。何言ってんだと苦笑してるのは大山だ。

「ふふ、それは冗談だけどさ。あ、泰生さんとの恋愛で変わったのが本当なら、それでもいいんだけどね。でもさ前に会ったときって、潤くん、けっこういろいろ考えて思いつめてただろ？　心配してたんだけど、それがいい方向に向かったのかなって、もしかして」

間違っていなければいいなと願うようにこちらを見る未尋に、潤は笑みがこぼれた。

「ありがとうございます。うん、あの時の問題が解決したというか、ちょっとだけ自分に自信が持てるようになりました」

未尋が言うのは、今年の六月に父の日のプレゼントでこの花屋を訪れたあと、一緒に鉄板焼屋で豪華なランチを食べたときのことだ。

あの時、潤は確かにとても悩んでいた。

もっと泰生の仕事に関わりたいのに、もっと泰生の役に立ちたいと思っているのに、何も出来ない自分が歯痒《はがゆ》くて仕方なかった。大学生という身分や大好きな勉強する時間でさえ、その時は自分を拘束する邪魔ものに感じていたほどだ。

それというのも泰生が事務所を構えて本格的に演出の仕事をスタートさせて半年ほど、黒木《くろき》やレンツォといった優秀なスタッフと一緒に働いたり、実際に泰生の仕事に潤が関わったりと環境が大きく変わった頃で、自分が未熟で劣っているという意識が高まってしまっていた。

泰生と一緒に働けば働くほど、泰生をはじめとして黒木たちスタッフや八束《やつか》や未尋など周囲でバリバリ働く人たちのすごさを思い知るのに、自分はまだ学生で技術的にも時間的にも何も出来なくて、次第に自信を失っていったのだ。特にクリエイティブな感覚がわからないというハンデを重く考えてしまい、自分はダメだと思いこんでいた。

だから泰生と同じラインに立って働く人や第一線で活躍する人を見て、潤は引け目を感じてしまった。自分ひとりだけが取り残されていると不安と焦りでいっぱいいっぱいだった。

「はぁ？　おまえ、自分に自信がないのもそこまで行くともう病的だぜ」

話がわからない大山にもわかるようにその時の悩みを説明すると、呆《あき》れられてしまう。

「うん、今思えばちょっと考えすぎていたんだってわかるんだけど、その時は何か思いつめてて。でもそんな時に未尋さんがアドバイスしてくれたんだ。自分に出来ることを見つけるんだって。それが自信に繋《つな》がるよって。それから、おれには何が出来るかってずっと考えてて――」

そうして見つけた。

語学を上達させて通訳というサイドから泰生をサポートしていきたい。それは自分だけが出来ることだと。潤は語学のためにどれだけ勉強をしても苦にならない。いや、そもそも勉強をすること自体が好きだった。

九月末に、未尋とパリで会ったときに潤の表情がいい方向へ変わっていたというのは、きっとバカンスで訪れたイタリアのカプリ島で翻訳者のベルナールと話をしたことで、さらにその思いを強くしたせいではないか。困難だろうが進むべき道を見つけて、憑《つ》きものが落ちたみたいに不安な気持ちを宥《なだ》めることが出来たのだから。

「それに、今回インターンシップを経験して気付いたんです。もしかして、おれって特別劣っているというわけではなかったのかなって」

潤がそう思ったのは、今回一緒にインターンシップに参加した二人の女子大生を見たためだ。彼女たちは電話を取るのに躊躇《ちゅうちょ》したり仕事場でどんな風に動いていいのかわからずまごついたりするが、それはまさに潤が泰生の事務所で働き始めた当初と同じだったのだ。当時はそれゆえに、活躍する周囲の人たちに比べて自分は出来ない人間だと悩んでしまっていた。

けれど今回インターンシップの彼女たちに接したことで、あの時自分が動けなかったのは単に経験不足なだけだったのだと知った。彼女たち二人もあと半年ほど仕事を続けたら、きっと今の潤と同じくらいの働きが出来るようになるだろう。

そう思うと、経験を重ねるごとに潤もステップアップ出来るのだと安心出来たし、将来へ繋がる大事な時期だと勉強にもインターンシップにもさらに身が入るようになった。

「自分を信じられるようになったというか。だから変わったというのは、きっとそれかなって」

「うんうん！　絶対そのせいだね。潤くん、本当にいい表情をしてる。そっか、自分に自信のある顔だね。あ、変な意味じゃなくてさ」

未尋が同意して、改めて潤の顔を見た。大山もじっと顔を見つめてくるため、潤は恥ずかしさに頰が熱くなる。

「あの、あまり見ないでください……」

「あはは、照れてる。可愛いなぁ、潤くんは」

にこにこする未尋の口調や表情は優しい。未尋にからかわれるのがくすぐったくて、潤は何か違う話を提供するべく頭を働かせる。

「えっと、先日参加した泰生の撮影のとき、実は通訳まがいのことをしたんです。フランスのブランドの撮影だったので、いろいろあってフランス語の通訳を務めるみたいな。最初はどうかなって思ったんですけど、何とか皆と意思の疎通が出来てスムーズに仕事が出来たから、本当に嬉しかったです」

言ってみれば先日の撮影での活躍は、大学卒業後に自分がやりたいと思っていることを体現したような時間だった。限定的ではあったが、それを体験出来てさらに自信が持てた気がする。

「すごいね。前におれと話をしたのは梅雨どきだっただろ？　それから四ヶ月もたたないうちにもう目標に辿《たど》り着けるなんて、日頃から相当勉強してるんだろうね。おれも見習いたいな。せめて英語だけでも上手くなりたいって今必死でやってるんだけど」

「潤の語学上達の速さにはおれも驚く。すげぇよな、本当。おれも潤に一度聞こうと思ってたんだが、上達の秘訣って何かあるのか？」

　大山が眉を寄せて潤に聞いてくる。

「うーん、秘訣かぁ。おれが心がけているのは、その言葉を話す人たちと多く話す……かな」

「あ、それわかる！　おれがパリでコラボショップに参加したとき、最初フランス語なんて全然わかんなかったのに、何人も接客するうちに最後には多少デタラメなフランス語でも通じるようになったんだよね。普通にフランス人と会話出来てて自分でもびっくりだよ」

「あぁ、未尋ってそっち系だよな。野性的な感覚で世間を渡っていくみたいな」

「それって誉め言葉？」

「誉めちゃいねぇな。貶《けな》してもないが」

　大山の言い様に、未尋が複雑そうに顔をしかめている。だが、そういう未尋の何もかもを一気に飛び越えてしまえるような野性的な感覚は、潤には非常に羨《うらや》ましかった。

「ま、いいや。でもさ、パリってすごいよかったんだぜ。大山は行ったことある？」

「普通はないだろ。パリなんて」

「だよなぁ。またぜひ行きたいな。今度は絶対プライベートで！　あ、なぁなぁ、潤くんの来年のバカンスってどこに行くか決まってるのか？　またパリだったりする？」

もともとクリエーターでおしゃれな感覚が鋭い未尋だ。フランスのパリはそんな未尋の心を大いに刺激する街だったのだろう。未尋の様子に、潤は唇を緩ませる。

「来年はまだどこへ行くか決まってないですね。あ、でもパリには年末にまた行く予定ですよ」

「おまえ、また行くのか」

そんな声を上げた大山に、潤は何となく恥ずかしくなった。

「フランス語の勉強もあるし。おれのフランス語の先生が、パリにいるから……」

今年バカンスをともにすごした年の離れた友人であるギョームとベルナールから、ぜひ新しい年を一緒に迎えたいと熱望されたのだ。何でも年末年始にギョームの屋敷では気の置けない仲間とパーティーを開くのが恒例なのだという。そのパーティーに招待されていた。

それに、毎年泰生は年が明けてすぐにフランスやイタリアで仕事が入る。ヨーロッパでファッションウィークが始まるからだが、そのせいで今までも日本で正月三が日をゆっくりすごすことはなかなか難しかった。だったら、最初からフランスで年末年始をすごすのはそう悪いことではないと、今年の冬の予定が早々に決まってしまったのだ。

「ええ、いいな！　なぁなぁ、写真をいっぱい撮ってきてよ。潤くんが行くようなところって、おれが行ったとこととまた違うだろうし、色んなパリが見たいんだ！」

未尋がはしゃいだ声を上げたとき、教室とショップを隔てるガラス越しに見知った人たちが通りかかった。潤たちが今いる花屋『スノーグース』の店長の浅香真紀《あさかまき》とその友人の八重樫冬慈《やえがしとうじ》だ。未尋の明るい声が聞こえたのか、そのひとり――冬慈が視線をこちらへと寄越した。浅香を促し、教室へ入ってくる。

「やぁ、楽しそうだね」

「冬慈さん！　先生も、どうしたんですか」

そんな二人に未尋がすぐに立ち上がった。浅香は未尋が師事するフラワーデザイナーだし、冬慈は未尋の恋人だからだろう。潤と大山も、来店時に店長の浅香に挨拶出来なかったこともあって、一緒に立ち上がる。

「こんにちは。お邪魔しています」

「そうか。この時間だったのか。どうだ、進んでるか？」

見た目の繊細な美貌にはそぐわないざっくばらんな口調で話しかけてくる浅香に、隣にいた大山の顔が見るからに緩んだ。潤たちより十歳年上のこの浅香に、大山は好意を抱いて目下猛烈アプローチ中だった。

詳しい話は聞かないけれど、二人の関係は一進一退というところらしい。今回のクリスマスリース作りも、浅香が普段携わっている花の仕事を少しでもわかりたいからという思いが強いようだ。そんな親友に潤は気持ちが優しくなる。

浅香はというと、どこか照れくさそうに大山に向かって「よ！」と一度声をかけていた。

「未尋の顔がとてもリラックスしているね。弟分の子猫が遊びに来てくれたからかな」

未尋も冬慈と二人で何か話していたが、その内容はおよそ恋人らしいものではない。けれど、冬慈が未尋をからかうような会話こそが、この二人ならではの付き合い方のようだ。未尋も怒った顔をしながらも、表情は甘い。

「――さて。おしゃべりもいいが、手も動かさないと終わらないぜ。至《いたる》はまだいいが、潤くんはしっかりな。未尋、ちゃんと先生役を忘れんなよ」

そんな冬慈と浅香は潤たちとひとしきり話をしたあと、潤の作業が止まっていることを指摘して去っていく。未尋ははっと自分の立場を思い出したように潤のクリスマスリースへ視線をやるが、大山は去っていった浅香を惜しむようにドアを見つめたままだった。

今の浅香たちとの会話の中で、浅香が大山のことを『至』と名前で呼んでいたことを知った。以前大山は、潤たちが名前で呼ぶことを嫌がったいきさつがある。けれど、それを浅香には許していること、そうして浅香が大山のことを名前で呼んでいることは、二人にとって関係の進展ではないかと潤には思えてならなかった。

大山くんの思いが、どうか実りますように……。


インターンシップも後半をすぎ、以前撮影があった泰生の記事がどんどん出来上がっていくのを、潤は興味深く見る。雑誌の巻頭を飾る特集記事だったようで、編集部でも特別に力を入れている大きな仕事らしい。

今はちょうどカメラマンから届いた写真の中から、記事に使う写真をセレクト中である。

「どれもかっこいいですねぇ……」

たまたま別の仕事をしていた潤の隣でその作業が始まったため、仕事を終わらせたあとに潤も見学させてもらうことになった。

カメラマンは本当に多くの枚数を撮影しており、ひとつの衣装でもポーズや背景を変えて数十枚の写真が上がってきていた。その中から、これぞという写真をセレクトするのだ。見ているだけでも、なかなか大変な作業である。

「これぇ！　これがいいんじゃないですかぁ？　すごく雰囲気のある写真に仕上がってます。

ポージングもいいし、ジャケットに変なシワも寄ってないですよ」

「――ダメね、これだとほら、タイセイさんの顔に少し陰がかかってる。表情が暗く見えるわ。それにメインのシャツもほとんど隠れてる」

潤は単にモデル姿の泰生のかっこよさに感嘆するだけだが、副編集長や林は服の見え方や背景とのバランス、モデルである泰生の表情など色んな点をチェックしているようだ。

「大変な作業なんですね」

ようやく写真の選別を終えた二人に、途中席を立って作ってきたコーヒーを差し出した。

「ありがとう、ちょうど飲みたいと思っていたんだ。そうね、大変な作業だけれど、これでもタイセイさんの撮影はまだ楽な方よ。ほとんどNGがないから写真の量も少ないしね」

副編集長の言葉に、隣で相好を崩してコーヒーを飲む林が大きく頷く。

「そうそう。逆にいい写真が多すぎて、選ぶのが大変という苦労はあったけどねぇ」

おっとりと話す林に、潤は笑みがもれた。泰生が誉められるとやはり嬉しい。

「あれ、橋本くん。自分の分のコーヒーは入れてないのぉ?」

「そうよ、切りがいいし一緒に休憩しましょう。私が許可するわ」

副編集長たちからのお茶の誘いは大変魅力的だったが、潤は丁重に首を振った。

「ありがとうございます。でもまだ仕事が残っているので――」

泰生の写真セレクトの作業だって、何もしていない潤にとっては休憩みたいな時間だった。雑用も残っており、何より他のインターンシップ生はまだ仕事中なので自分だけ休憩などとても出来ない。

笑顔でやんわり断って、潤は席を立った。インターンシップ生に与えられている席に戻ると、しかし郷司と村田からじろりと睨まれてしまった。

「いいわよね、橋本くんは。男だからって、女性の先輩たちに可愛がられて堂々とサボれて。何か楽しそうにやってたけど、ちゃんと仕事しなさいよ。雑用なんかやる気もないんでしょ」

耳の下でふんわり横結びをしている茶髪をいじりながら、郷司が尖った声を上げた。最近、特に郷司は潤に対してこうしたつんけんとした態度を隠さない。インターンシップ仲間である郷司たちの態度には、潤も少々困っていた。

「そんなことないです、今も雑用をしようと戻ってきたんですから。さっきは、ちょっと先輩たちの仕事を見学させてもらっていて、決してサボっていたわけじゃ……」

「あっそう。じゃ、残りは全部橋本くんがやってね。私たち、休憩に入るから」

郷司はそう言って、乱暴に宛名シールと名簿を潤に押しつけてきた。今回の雑用は明日出来上がってくる冊子の発送のために、宛名シールを作り上げておくことだった。ただ村田は、切りのいいところまで仕上げていくと口にしたため、郷司だけさっさと歩いて行く。

そんな後ろ姿を見送って、潤はため息を噛みつぶす。

昔と比べて人付き合いは上手くいくようになったけれど、それでもたまにあんな風に人を怒らせたり、ある一定の人たちから嫌われたりする。誰にも彼にも好かれるのが難しいのはわかっているけれど、ああいう態度を見せられると落ちこむのは事実だ。

「村田さん、もしよかったら残りは引き継ぎます。村田さんも休憩してきたらどうですか」

潤の前でシールに宛名書きをしている村田に声をかけると、じろりと見つめられた。

「別に、橋本くんが悪いわけじゃないとわかっているけど。でも橋本くんが先輩たちの仕事を手伝うせいで、橋本くんの分の雑用が全部私たちに回ってくるのよ。だから、ここずっと雑用ばっかり一日中やらされているの。そりゃ腐るわよ」

「……すみません」

「だからっ、橋本くんが悪いわけじゃないって言ってるでしょ」

村田の口調はかなり渋いものだったが、言葉は本心のようで、言ったあとはどこか気まずそうに目を逸らした。

ガレス・ジャパンはアメリカに本社を置くガレスグループの一員で、他にもフランスやイタリアなど各国にそれぞれ編集部がある。そんな外国の編集スタッフたちから世界中のファッション情報が送られてくるせいか、社内では英語の他にフランス語やイタリア語なども交わされて国際色豊かだ。

それゆえに各国の言葉をそれなりに話せる潤は重宝され、スタッフから手伝いを頼まれることも多くなっていた。そのしわ寄せが、インターンシップの他の二人に行っているらしい。

雑用の仕事はタイミングによって多いときと少ないときがあるが、今はちょうど多いようだ。一日中、編集の仕事に関係のない宛名書きやコピー取りなどをやらされていたら、確かに嫌になるのかもしれない。

「それに、橋本くんがやってた買い出しや掃除をさせられるのが、郷司さんは特に嫌みたい」

村田が声を潜めて教えてくれた情報に、潤は目を見開いた。そうだったのかと反省し、買い出しはタイミングもあるため難しいが、掃除に関しては郷司が手をつける前に自分が済ませておこうと心に決める。

「ありがとうございます、教えてくれて。明日から気を付けます」

「別に、橋本くんの仕事と決まってるわけじゃないし、私もやるからいいんだけど……」

どこか後ろめたいように口ごもったあと、村田は周囲を見回してから話しかけてきた。

「あのさ、前に教えてくれた英文のメモを用意しておくって話、あれすごく使えたんだ。今日、二回も英語の電話を受けて二回とも上手くいってさ。教えてくれたの、橋本くんだから一応お礼を言っておこうと思って。ありがとう」

「そうなんですか。よかった……」

ホッとして潤が笑みを浮かべると、村田もゆるゆると顔をほころばせる。

「ねぇねぇ。やっぱり英語以外にも言葉が話せるのって、就職に有利だと思う？」

「どうなんでしょう。でも、ガレス・ジャパンでは重宝されると思います。この前聞いた話なんですが、この編集部って今イタリアブームらしくて、イタリア語を話せるスタッフはけっこういるのにフランス語を話せるスタッフが少ないのが悩みだって。だから、これから入る新人に期待するって副編集長が言ってたんです。この編集部に限っていえば、フランス語を話せるのはとても有利だと思います」

「え、その話すごい。本当？」

村田が急に目を輝かせて身を乗り出してきた。その勢いに潤が驚くと、自分の興奮ぶりを恥ずかしく思ったのか、村田はばつが悪そうな顔で椅子に座り直す。

「私ね、絶対ファッションエディターになりたいの。昔からおしゃれが大好きでね。ほら、私ってあまり可愛い方じゃないでしょ？　郷司さんみたいに美人だったらよかったのに、そうじゃなくて昔は何度も悲しい思いをしたんだよね」

長めのショートカットに目尻が下がった優しげな目が印象的な村田は、決して可愛くないわけではない。けれど小さい頃からの思いこみはなかなか強いようで、潤が首を横に振っても苦笑するばかりだった。村田は潤にもう一度笑いかけてから言葉を継ぐ。

「小さい頃から普段は可愛いなんて滅多に言われなかったんだけれど、お祖母《ばぁ》ちゃんにねだって買ってもらったワンピースを着たときだけは皆から可愛いって声をかけられたんだ。それが嬉しくて、おしゃれが大好きになったの。ふふ、笑っちゃうくらい単純でしょ？」

長めの前髪を耳にかけるしぐさを繰り返す村田は恥ずかしげだった。

「小学校からずっとファッション雑誌が愛読書だったの。雑誌に載ってるファッションをそのままそっくり真似《まね》したりね。将来はファッションエディターになるのが夢で、ガレス・ジャパンといえばファッション雑誌のバイブルでしょう？　だからガレス・ジャパンの編集部で働きたいってずっと憧れていたんだ。そのために、絶対使うだろう英語も一生懸命勉強したし短期だけど留学までしたんだよ。インターンシップで働く機会をもらったときは、もう本当飛び上がって喜んだんだ」

村田はインターンシップに参加した当初からすごく興奮していた。事務所に座っていることすら嬉しいように頬を染めていたが、それにはこんな訳があったのだと潤はようやく知る。

「やだ。私ったら何でこんなことを橋本くんに話してんだろ。自分語りって恥ずかしい」

潤が何度も頷いている姿を見て、村田は我に返ったように赤面して猛烈な勢いでペンを走らせ始めた。もう少し話を聞きたかったのになと少し残念な思いで、潤も自分の仕事をしようと机に向かったときだ。

ざわざわと編集部が慌しくなったことに気付いた。編集長の周りに皆が集まり出す。

「何だろうね」

声を潜めた村田の言葉に、潤も頷く。だがインターンシップである潤たちがその輪に混ざるわけにもいかず、与えられた仕事をやり続けることにした。

「橋本くん、ちょっといい？」

そうして半時ほどたったときだ。副編集長が潤たちのもとへ歩いてくる。

「あら、もうひとり——郷司さんはどうしたの？」

「あの、お手洗いに行っています」

あの後休憩から帰ってこない郷司のことを訊ねられ、口ごもる潤の代わりに村田がとっさにフォローしてくれる。副編集長はスッと目を細めたが、すぐに興味なさそうに肩を竦めた。

「以前、橋本くんたちが行ったパーティーを覚えている？『ドゥグレ』のパーティーのこと。そのパーティーを橋本くんが記事にしたあれ、すこし手直しして雑誌に載せたいと思っているの。出来るかしら？」

「えぇっ」

とんでもない提案に、潤はぎょっとする。村田も驚いた顔をしているが、冗談ではなさそうで副編集長は苦笑の顔を見せた。

「実はね、うちで幾つも仕事を任せていたライターが交通事故に巻きこまれたのよ」

「え、大丈夫なんですか？」

潤が思い出すのは、『ドゥグレ』のパーティーへ来ていたスレンダーな女性の姿だ。

「命に別状はないそうよ。でもバイクでの事故だったせいでケガもひどくてね。両腕を骨折して入院中。とても記事が書ける状態じゃないってことで、今彼女が担当した記事の割り振りで大騒ぎなのよ。『ドゥグレ』のパーティー記事も彼女の担当でまだ原稿に取りかかっていないとのことだったから、あの時一番評判のよかった橋本くんの記事を使うことになったの」

「あのっ、副編集長。私も手伝っていいでしょうか！　橋本くんが記事を作る作業、私もぜひ手伝いたいです。やらせてくださいっ」

事情を説明する副編集長に、勢いこんで村田が直訴した。少し驚いたように村田を見たが、副編集長はすぐに頷く。

「あれに村田さんのセンスを取り入れたらもっといい記事になるかな。そうね、ぜひ二人で仕上げてちょうだい。もちろん作業全般は私たちも全力でサポートするから」

「はい！」

潤も村田も元気よく返事をした。簡単にこれからの作業の説明を受けたあと、残っていた宛名書きの仕事をやり終え、潤たちはもう一度誌面のレイアウトを考え直すことになった。

「村田さんの、建物のイラストを使ったレイアウトはすごくよかったと思います」

「うーん。でもあとから考えたんだけど、中央にどーんとイラストなんて入れたらそれだけ使える誌面が狭くなるでしょう。写真や情報が絞られるのってもったいなくない？」

「そういう見方もあるんですね……」

「そうだよ。これから作る記事が実際のガレス・ジャパンに載るんだよ。そう思うと、絶対失敗出来ないし下手なことも出来ないよね。あー、何か今から緊張してくる〜」

編集部内が忙しくなるのに急《せ》かされるように、潤たちの話し合いにも熱が入っていった。


潤たちが担当した『ドゥグレ』のパーティーの記事作りは順調に進んでいる。基本的には潤が作った記事のレイアウトで行くが、注目されていたハイヒールの写真は切り抜いて並べたり元の原稿をもっと明るく軽快な雰囲気に村田に手直ししてもらったりという方向になった。

そうして二人で作り上げた誌面レイアウトを今度はデザイナーに相談する。こういう記事に仕上げたいのだと説明してイメージを伝えると、デザイナーの観点から、写真が多すぎるだったり写真と文字の配置を少し変えた方がいいだったりと指摘が入る。そんな意見をすり合わせると、今まで写真を切ったり原稿を貼ったりという潤たちの手作りだったレイアウトが、デザイナーの手を経たあと印刷所へ送られ、雑誌に掲載される実際の誌面の形——初校が出来上がるというわけだ。

「すごいね、本当に雑誌のページみたいになっちゃったよ」

「何か感動します……」

潤と村田は目の前に置いた初校を見下ろして感動に耽《ふけ》っていた。

まだこれから用字や用語、人名などの間違いがないかをチェックする文字校正という作業があるので終わりではないけれど、今までの手作り感満載だったものが実際の雑誌記事の形へランクアップした感慨は大きい。デザイナーとのレイアウト調整後にプリンターで出力されたデザインラフとも違っているのだから。

「本当に私からチェックしていいの？」

今回村田は潤の手伝いという形ではあったが、潤以上に熱が入った仕事ぶりを見て、真新しい校正原稿には先に触れて欲しいという気持ちになった。

だから村田の言葉に、潤はお願いしますと声を上げる。

赤ペンを握った村田の顔はやる気に満ち溢《あふ》れていた。きっと潤も同じ表情をしているだろう。

文字の間違いなどをチェックする作業はこれまで二人で何度も行ってきている。が、今回は潤たちが校正作業を終えたあと、先輩スタッフによる見直しチェックが入るのだ。その時に間違いを指摘されるのは嫌だからと村田も真剣になっている。

村田がそうやって作業する間、潤は雑用をすることにした。

今編集部内は先日のライター分の記事の割り振りで、皆表情が変わるほど忙しくしている。だからか多少仕事が出来る潤にも業務に関わる簡単な作業が回ってきていた。だが本来の雑用も当然あるわけで、今日は出社してすぐ書類のシュレッダーを頼まれていた。

今はそのシュレッダー作業をひとりで行っている郷司のもとへ歩いて行く。

「お疲れさまです。手伝います」

潤が声をかけると、むっとした顔で睨まれてしまった。

「何言ってんの、これ私の仕事じゃないんだけど！　手伝いますじゃないでしょ」

「すみません。代わります」

確かに、インターンシップ生の皆で受けた仕事だ。潤がすぐに言い直すと、郷司はきつい目で見つめながら場所を譲った。先日編集部であった会議用の大量の資料で、一部だけファイリングして残りはすべてシュレッダー処理する仕事である。

潤がシュレッダー作業を行う傍らで、郷司はガレス・ジャパンのバックナンバーを読み始めた。どうやらファイリング作業はとうに終わらせていたらしい。

「橋本くん、シュレッダーをやってるの？　ちょうどよかったぁ。私もシュレッダーをかけて欲しい書類があるんだぁ、一緒にしてもらっていい？」

通りかかった林が、近くにある自分の机のあちこちから書類を引っ張り出してくる。手元に置き場所がなくて取りあえず林の机に積んでもらったのは、厚さ一センチにもなる紙の山だ。

「わぁ、ずいぶん溜めこんでたんだぁ」

それに感嘆する林に潤は思わず噴き出しそうになった。

「置いておいてください。この後やります」

「あ、今笑いかけたでしょぉ」

「すみません。林さんの言い方がおかしくてつい……」

二人で話していたときだ。外から帰ってきた島本《しまもと》がいそいそと潤に近付いてきた。

「橋本くん、今手は空いてるか？　至急、訳してもらいたい書類があるんだ。お願いしたい」

「もしかしてフランスでの撮影の件ですか？　大使館から許可出ましたぁ？」

「その前段階だ、いろいろ面倒な手続きが必要な場所だから。それで橋本くんは――」

「あ、大丈夫ですよぉ。今シュレッダーかけてるだけですから。だよねぇ？　こっちはいいから、橋本くんはぜひ島本先輩を手伝ったげてぇ。来年の、うちの一大プロジェクトなの！」

潤が何か言う前に、島本と話していた林が嬉々《きき》として返事をする。どうやら林も楽しみにしている来年の仕事の件らしい。潤は困惑するが、林はさっさと事を進める。

「あ、郷司さぁん、今何してる？　バックナンバー読んでるだけ？　じゃあ、大丈夫だね。橋本くんから引き継いでシュレッダーかけをお願いね」

「……はい」

あからさまなぶすくれ顔だが、先輩スタッフに文句は言えないようだ。

「本当にすみません、郷司さん。あと、この机のもなんですけど、お願い出来ますか？」

申し訳なかったが、自分が引き受けた林の机に載る書類の上に潤が手を置いてアピールすると、郷司はじろりと睨んでわざとらしくため息をつくことで返事をした。

「なぁんか、感じ悪ぅ」

おっとりした口調で突っこみを入れた林に潤は焦ったが、それにも郷司は何も言わなかった。

潤は気になって仕方なかったが、島本に急かされてしまうとその場を後にするしかない。

出来るだけ早く終わらせてまた戻ろう！

潤はきゅっと一度唇を引き絞って、渡された書類に目を落とした。

問題が起こったのは、潤が退社する寸前だった。

島本に頼まれたフランス語訳の仕事はなかなか難しくて、結局雑用をすべて任せることになってしまった郷司の怒りは甚だしかった。何度謝罪しても文句は尽きなくて、最後は時間切れとなって掃除に取りかかったのだが。

「嘘、本当になぁい！」

おっとりした林にしては珍しく焦った声に、編集部内のゴミを集めていた潤は屈《かが》めていた背を伸ばした。おろおろとした表情の林にスタッフが集まってきて、潤も気になって歩み寄る。

「ちゃんと届いてはいたんだよね？」

「はい、田《た》ノ上《うえ》さんの分も藤井《ふじい》さんの分も、ちゃんと書留で送られてきたものをここにまとめてぇ。あ、でも田ノ上さんの分はまだ中身は確認してなかったんですけどぉ」

副編集長の言葉に、林は泣きそうな顔になって唇を噛んだ。

「何かなくなったんですか？」

「うーん、ちょっと大事な書類がね。机に置いてたらしいんだけど」

「もしかして、ゴミの中に入ってないですよね？」

手に持つゴミ袋の中を確認しようかと考えたとき、そんな潤の声が聞こえたのか、顔を上げた林がこちらへ駆け寄ってくる。

「封筒なのぉ。Ａ４版の茶封筒。中に大事な書類が入っててぇ」

潤は頷いて、持っていたビニール袋を開いた。すでに林の机分のゴミは回収している。何らかの拍子でゴミ箱に落ちたのを潤も気付かずゴミとして回収したかもしれない。そう思ったのだが、ただＡ４版となると大きさ的にゴミ箱に入っていたらわかる気もする。

「ごめんねぇ、橋本くん」

「大丈夫ですよ。でも……封筒はなさそうですね」

給湯室のゴミも回収していたために生ごみで手を汚す潤に林は謝ってくれたが、残念ながらゴミの中に封筒は見当たらなかった。

茶封筒か……。

しおしおとまた机へ戻って行く林に、潤もゴミ袋を処理するために場を離れた。手を洗ってまた編集部へ戻りながら、どこかで茶封筒のあの色を見た記憶があると考える。

「あっ！」

潤はもう一度ゴミを置くスペースへとＵターンした。今度は、資源ゴミとしてまとめてある方だ。シュレッダー機から取り出した紙ゴミを入れたゴミ袋を手にする。

「橋本くん？」

潤の勢いに気付き、スタッフのひとりが歩み寄ってきた。

今日処理を頼まれた書類の量はかなり多かったから、始める前に一度シュレッダー機に入っていた紙ゴミは処分していた。それからシュレッダーを始めて、途中で郷司に引き継いだり任せたりとあったが、シュレッダー機から最後に紙ゴミを処分したのもまた潤であった。ついさっきのことだが、その時にコピー紙ではない茶封筒の色を見たのを思い出したのだ。

「もしかして、シュレッダーにかけた⁉」

「そんなことはないと思いますけど……」

先輩スタッフの尖った声を潤は否定しながら、細切れになった紙ゴミを見下ろした。そこには確かに、コピー紙に混じって茶封筒らしき紙ゴミがあった。

「これじゃない⁉　ちょっと林さん、来て」

呼ばれて、林が駆けこんでくる。そうしてゴミになった紙の山を覗きこんできた。茶封筒の紙ゴミを手に取って慎重にチェックしていた林は、最後に青ざめた顔で頷く。

「これです、間違いないです。橋本くん、見つけてくれてありがとう」

ぐしゃりと紙ゴミを握り締めて林は言うと、カツカツとヒールを鳴らして編集部内へ駆け戻っていった。怒色を帯びた横顔にただならぬ気配を感じて潤もその背中を追いかける。林は一直線に郷司へと向かっていった。

「郷司さん。あなた、私の机にあった茶封筒をシュレッダーにかけたでしょ！」

手に握ったままだった封筒の紙ゴミを郷司が座る机にダンと叩《たた》きつけた林に、郷司はあからさまに顔色を変える。

「な…何のことだか知りません。私は言われた通りの仕事をしたまでです」

「嘘を言うのはやめて。私がシュレッダーをかけてとお願いした書類の横に置いてた封筒を、間違って一緒にシュレッダーにかけたんでしょ。シュレッダーにかける前におかしいと思わなかったの？　違う場所に置いてあった封筒をなぜ一緒にするの。しかも一通は封が開いてなかったはずだよ。そういうの、ちゃんと確認するべきでしょ！」

林の剣幕にうろうろと視線をさ迷わせていた郷司は、潤と目が合うとぎっと睨んできた。

「橋本くんです！　橋本くんが言ったんです。林さんの机にある書類は全部シュレッダーだって。橋本くんの指示が悪いんであって、私のせいではありません！」

怒ったように言われて、当事者にされた潤は驚く。

「人のせいにしない。橋本くんに一切責任はないよ。私もその場にいたじゃない。郷司さんにシュレッダーをお願いしたのは私だからね、だから橋本くんがあなたに何て言ったかも覚えてるよ。橋本くんの指示に間違いはなかった。それに私がこんなに大騒ぎして封筒を探してたのに、その覚えがある郷司さんは何で知らんぷりしてたの！　自分のミスはちゃんと申告してよ」

「そんなの、私のミスじゃありません！　林さんだって、机をきれいにしてなかったのが悪いんじゃないですか。どれが処分する紙なのかなんてさっぱりわかりませんでしたから」

「ちょっとぉ、謝罪するどころか逆切れぇ？　シュレッダーをかけるのはこれだって、書類の山を橋本くんが教えたでしょ。多少机が散らかってようが、それ以外のどれを処分するのよ」

ヒートアップしていく二人に、潤はおろおろするばかりだ。

「落ち着きなさい、林さん。郷司さんも少し声を抑えて。郷司さんが林さんの机にあった封筒をシュレッダーにかけたのは間違いないのね？」

落ち着いた副編集長の登場に、潤はもちろんスタッフの皆がホッとした。

「書類がいっぱいあったし、そんなのいちいち覚えていません」

「大事な書類だったからこそ、そこはきっちり確認したいの。『覚えていない』じゃ済まされないよ。郷司さん、ちゃんと思い出して」

郷司は椅子に座ったままふて腐れたようにそっぽを向くが、副編集長は容赦なく問いつめる。

「あったかもしれないですね。でも、今さらそれを確認してどうするんですか？　シュレッダーかけたものをパズルみたいに貼り合わせろって言うんですか？　正気ですか、それ」

「ちょっとぉ、郷司さん！」

郷司のさすがの言い方に、他のスタッフも顔色を変えた。それをまた静まらせるのも副編集長だった。冷静な顔で郷司を見下ろす。

「郷司さん。あなたがシュレッダーにかけたかもしれない書類は、編集部で預かっていたマイナンバーの書類なのよ。万が一紛失だった場合には、個人情報が流失したかもしれないということで警察に届ける必要だって出てくる場合もある。だからここまでしつこく聞くのよ。シュレッダーにかけたという事実がわかれば、一応の問題解決にはなるよね」

思った以上に深刻なミスだったことに、潤は心臓が痛くなった。それは郷司も同じだったらしく、顔がこわばっている。

「もう一度聞くね。郷司さん、シュレッダーにかけた？」

「……かけました」

「A4版の茶封筒、二通よ？　一通はまだ封が開いてなかったって話だけれど」

「封が開いてたかどうかは見てないですけど、二通ありました。二通ともシュレッダーに」

「――そう」

決して安堵とは呼べないため息をついて、副編集長は難しい顔で腕を組んだ。そうして、おもむろに「ねぇ、郷司さん」と静かな口調で話し出す。

「インターンシップのあなたたちや会社に入ってくる新人において、一番してはいけないことは何だと思う？　ミスじゃないのよ。新人にミスをするななんて言っても、無理なことだと皆わかっている。それに新人に任せた仕事で発生するミスは、先輩がフォローすることで何とかなることが多いの。じゃ、新人が一番やってはいけないことは何か。それは、やったミスを隠すことよ。ミスの発見が遅れることで、取り返しのつかない事態へ発展する可能性がある。大きな損失に繋がることだってあるの。そうなったら、私たちだってフォローしようがない」

副編集長の話を、潤は感じ入って聞いていた。

今回のことは自分のミスではないけれど、責任は自分にも少しあるような気がした。郷司ひとりに雑用を押しつけたせいで、仕事が多くなってしまったのだから。

「私は悪くありません」

けれど、郷司の言い分はあくまでそれだった。

「確かに封筒をシュレッダーにかけましたけど、それは橋本くんの指示があってのことです。一番は指示を出した橋本くんが悪いのに、どうして私ばかりこんなに責められなければいけないんですか」

「郷司さん、あのね……」

「だいたい、雑用が多すぎるのが悪いんです。毎日雑用ばっかり言いつけられて、ちっとも雑誌の仕事に関われないだなんて。しかも自分のだけじゃなくて、橋本くんの分まで押しつけられるんですよ。私は雑用をするためにインターンシップに来たわけじゃないんです！　私にもまともな仕事をさせてください。橋本くんばかり優遇されるのは納得いきません」

郷司が言い募れば言い募るほど、その場が冷めていくのを潤は肌で感じた。冷ややかな気配が充満していく編集部に、潤は顔がこわばっていく。

「もっとちゃんとした仕事をさせてくれていたら、こんな事態だって起こらなかったはずです。もともと、私は細々とした作業は苦手なんですから。面倒な仕事もしたくありません。人には向き不向きというものがあるんですから、そこを見極めて仕事を与えるべきじゃないんですか？　私にこんなシュレッダーの雑用なんかを頼んだのが、そもそもの間違いです」

「じゃあ、郷司さんに向いている仕事って何かしら？」

先輩スタッフのひとりが冷えた声で優しげに訊ねる。けれど熱くなっている郷司はそんな先輩の様子にも周囲の雰囲気にも気付いていないようで、声を大きくして答えた。

「パーティーの取材や有名モデルの撮影をやってみたいです。この前のタイセイの撮影では、もっと活躍したくてウズウズしていました。私って、そういう華やかで大きな仕事をすることで輝ける人間なんですから」

「そう、あなたの言いたいことはよくわかったわ。郷司さん、あなた――ファッションエディターの仕事は向いていないね」

サバサバとした口調でばっさり切り捨てた副編集長に、郷司は息をのむ。

「小さな仕事も出来ない人間に大きな仕事は任せられない。実際、会社に入って最初の一年は雑用ばかりよ。あなたが今口にしたタイセイさんの撮影も、本来なら新人が行ける場所じゃない。出版社の仕事を経験させるインターンシップの期間だからという、編集長による特例だったのよ。本来新人はただひたすら社内で雑用に徹するのが仕事。でも、何をもって雑用と言うのかしらね。あなたが今日やったシュレッダーの仕事は確かに雑用かもしれないけれど、橋本くんが頼まれてやっていた仕事も実は私たちスタッフからしてみれば雑用と呼ぶような小さな仕事なのよ。でもね、そういう小さな仕事の積み重ねが、雑誌を作るという大きな仕事へ繋がっているの。雑用なんかと侮って小さな仕事を顧みないようなあなたは、ファッションエディターの適性があるようには思えない。うちでの採用もお断りさせてもらうわ」

「なっ……ひどい！　こっちだって、こんな出版社入りたくもないわっ。見てなさいよっ。パパに言いつけて、こんな会社メチャメチャにしてもらうんだから！」

怒りで顔を真っ赤にした郷司はそう言い捨てると、飛び出していく。その勢いに潤はただただ圧倒されるばかりだったが、我に返ると、郷司を追いかけた方がいいかと迷った。けれど、その場にいたスタッフたちが一気に不満をぶちまけ始めてそれどころではなくなる。

「何あれ！　結局謝りもしなかったじゃないっ」

「今どきの学生って、あんな感じなの!?　もう理解出来ないっ」

口々に上がる文句に、少し離れた場所に立つ村田もそして潤も肩身が狭い思いがした。

「彼女、例の化粧品口コミサイトの社長令嬢でしょ。パパの影響力って本当にあるの?」

「あ。でもぉ、パーティーや撮影に郷司さんたちだけが特別に同行出来たのは、彼女のパパのコネだって話ですけどぉ」

「え、そうだったの?」

スタッフたちが額を合わせて話し合っていたとき。

「それ、違うわよ」

背後からけだるげな掠《かす》れ声がかかった。たった今戻ってきたみたいで、今日も黒系のツーピースを着た編集長の上水流が歩いてくるところだ。

「どうしたの、皆で集まって。郷司さんがどうかした?」

副編集長が経緯を説明する間に、集まっていたスタッフも仕事へ戻っていく。その場に残るのは、潤たちインターンシップ生と林だけだ。

「そう、そんなことが。まぁ、仕方ないわね。面接で彼女の性格を見抜けなかった人事に、あとでたっぷり抗議しておきましょ。それより、林さんもミス一よ。大事な書類なんだから、受け取ったらすぐに総務へ持っていくべきだった。机に置きっ放しにしていたのもダメね」

「はい、すみませんでしたぁ」

林はしおらしく頭を下げる。

「起こったことは仕方がないから、早く処理していきましょう。田ノ上さんたちには申し訳ないけれど、マイナンバーの書類をもう一度提出してもらう必要があるわ。林さん、任せていいわね？　事情を説明して、今度は直接取りに行くようにして」

「はいぃ、頑張ります」

何かを怖がるように泣きそうに顔を歪める林に、編集長たちは苦笑を浮かべた。

「田ノ上さんも藤井さんも怖いものね。きつ〜く怒られるわよ」

「わかってるなら、助けてくださいよぉ」

ようやくいつものおっとりした林に戻っている。編集部の雰囲気もいつも通りで、潤もホッとして楽に息が出来る気がした。

「それより、編集長。さっきのぉ、今回のインターンシップ生だけパーティーやら撮影やらに連れていったのは、郷司さんのパパのコネじゃないって本当ですかぁ？　私たちてっきりそうだって思ってたんですけど」

「違うわよ。郷司さんのパパが誰なのかも私は知らないわ」

「えぇ？　じゃ、どうして今回だけ特別だったんですかぁ？」

林の問いかけに、編集長は赤い唇を悪戯っぽく歪める。

「どうしてかしらね？」

そうして潤へと視線を流したあと、編集長は自分のデスクへと歩いて行った。

「今の、何ぃ……？」

その場に残った副編集長や林から顔を覗かれて、潤は何が何だかわからず焦る。

あのパーティーはともかく泰生の撮影に連れていってもらえたのは、もしかして自分が泰生と親しいせいだったのだろうか。

それに思いいたると、バレてはいけないとさらに挙動不審になってしまう。それを何とかするためもあったが、それより先ほどからずっと考えていたことを潤は口にすることにした。

「えぇっと、マイナンバーの書類をもう一度提出してもらう件ですけど、ぜひおれにも手伝わせてください！」


「――わかりました。じゃ、明日以降ということですね。日にちが決まったら教えてください」

「本当にいいの？　今回のことぉ、橋本くんは関係ないのに、お願いしてしまって。あのねぇ、ここだけの話、先輩たちの中でも田ノ上さんと藤井さんはもうめちゃくちゃ厳しいの。電話でちゃんと説明しておくければ、あなたも絶対きつく言われると思うわぁ」

「が…頑張ってみます」

林のこそこそ話に潤は顔を引きつらせながら返事をする。

あの後、書類をもう一度提出してもらう件に関して、林と話し合った。何でも現在育児休暇を取っている先輩スタッフのマイナンバーの書類だったらしく、提出の期限が迫っていることもあり、謝罪の意味もこめてスタッフのもとへ書類を受け取りにいく予定だという。

ただ先日のトラブルもあったせいで編集部内はとにかく忙しく、林もスケジュールが立てこんでいてとても困っていたようだ。それならと、自分が先輩スタッフのもとへ書類を受け取りに出向くことに立候補した。林が電話で事情さえ説明してくれたら、忙しい林の代わりに取りにいくくらい自分がやりたい、と。

「それに、おれも関係なくはないですから。シュレッダーをお願いしたあの時、もっとちゃんと郷司さんがわかっているか確認すればよかったんです。それに、雑用を郷司さんに任せすぎてるなって、おれもずっと思っていたので」

どうやらかなり厳しい先輩たちらしいが、自分にだって責任はある気がするし、厳しく言われるのならそれも仕方ないだろう。そんな潤に、林は勢いよく首を振った。

「シュレッダーの件は全面的に郷司さんが悪いよ。橋本くんって、損な性格だなぁ。それにインターンシップ生が雑用をするのは当たり前のこと、副編集長も言ってたでしょぉ？　新人の話、一年間は雑用ばっかりって。あれ本当にそうだから。雑用の中身はどうあれね。だから、責任を感じる必要は全然ないからねぇ。橋本くんにシュレッダーなんかの雑用が回らなかったのは、それだけ能力が高かったから。もし郷司さんにも橋本くんと同程度の実力があったら、彼女も同じくらいの仕事を頼まれていたはずなんだよ」

困った子だなぁという顔で、自分より身長が低い林に背伸びされた上で頭をなでなでされて、潤は困惑して立ち尽くす。

「こら、そこ。セクハラ禁止。やるなら今度私が暇なときにしなさいよ」

そんな林に、通りがかったスタッフが笑いながら突っこみを入れてくれて助かったけれど。

まだ仕事があると忙しい林とそこで別れて、潤も退社しようと歩き出した。インターンシップ生に与えられた机に戻ると、まだ帰っていなかった村田が待ち構えていたように立ち上がる。

「橋本くん、もう帰る？　途中まで一緒に帰ろう」

誘われて、何か話がありそうな村田の顔を見て潤は頷いた。

「マイナンバーの書類の件、どうなった？」

編集部を出てエレベーターに乗りこんだところで村田が訊ねてくる。だから林と話して決まったことをひと通り説明すると、村田はじっと潤を見つめてきた。

「橋本くんがそこまでするの？　あれって橋本くんのせいなんかじゃないじゃない。本当なら郷司さんのミスで、橋本くんが尻拭いみたいなことしなくてもいいのに。それに、林さんが自分で取りにいくって言ってたのに、なんで橋本くんが代わりに行くの？」

優しげな村田の顔が納得いかないように歪んでいる。

「どうして損な役回りを引き受けるのよ！」

出版社のあるビルを出てすっかり寒くなった十一月の夜の街を歩き始めた潤だが、村田はかなり熱くなっているようだ。彼女がどうしてこんなにヒートアップしているのかわからず、潤は当惑しながら言葉を探す。

「実は林さんも、おれに責任はないって言ってくれたんですけど、でもおれはもっとちゃんと出来たんじゃないかって思ったんです。シュレッダーを郷司さんに引き継ぐとき、処分する書類を林さんの机に置きっ放しにするんじゃなくて、シュレッダー機のところに持っていけばよかったとか。そういう反省があるせいでしょうか」

潤の話を聞いていても村田は相づちさえ打たなかった。けれど潤の言うことをちゃんと聞いてくれているのは、真剣にこちらを見つめる村田の目を見ればわかる。

「それに何より、編集部って今とても忙しいですよね。そんな編集部において、今はこれがおれに出来る仕事だと思ったからです。雑誌を作る仕事はインターンシップのおれには出来ないけれど、これだったら自分にも出来ます。先輩たちが忙しそうにしてても雑誌の仕事でおれに手伝えることなんて何もなくて、でも書類を受け取ることだったらおれにも出来る。何より自分も関わったミスだし、だから立候補したんです」

冷たい北風を感じてコートの前をかき合わせながら、潤は最後にもうひとつつけ加えた。

「あとは育休中のスタッフに、大切な書類をこちらのミスで破棄してしまったことや、もう一度書類を作ってもらう手間をかけさせる謝罪をちゃんと自分の口から言いたかったから」

潤が話し終わっても、長い間村田は何も言わなかった。二人で黙々と歩き続けて、村田がようやく口を開いたのは駅に着く寸前である。

「橋本くん、私も行きたい。マイナンバーの書類を取りにいくとき、私も同行させて」

「え、でも……ただ書類を取りにいくでは済まないかもしれないんです。先輩は二人ともとても厳しい人たちみたいで、今回のことで謝罪するのは必要だし、だから会ったらきつく言われる可能性があるって」

「うん、大丈夫。私も行くから」

何度も言われて、決意を秘めた村田の顔に潤は頷く。

「わかりました。林さんに聞いてみますね。あの……ありがとうございます」

潤が言うと、村田は一瞬戸惑った顔をして、すぐに微苦笑した。

「大学生だからって、許されるものじゃないわよね。インターンシップというのは職業体験だけれど、実際に社会で働くのだから責任も発生するわ。ミスをしたら後始末を引き受けるのは当然のこと。それともまさか、自分の失敗じゃないから本当は関係ないのにとか不満に思っているわけじゃないでしょうね？　同じインターンシップ生がやったミスなのだから、一蓮托生《いちれんたくしょう》。自分がやったも同然よ。そういう気持ちで今ここに座ってる？」

「はい、そのつもりです。本当に申し訳ないと思っています」

「だから、それは何に対して？　さっきから『申し訳ない申し訳ない』のオンパレードだけれど、ちゃんと何に対して申し訳ないかきちんと言葉にして謝罪してくれないかしら」

「すみませんっ。あの……藤井さんの大切な書類を誤ってシュレッダーにかけて、それでも一度マイナンバーの書類を準備する手間を取らせてしまい、本当に申し訳ないと思っています。今回は本当にすみませんでした」

シュレッダーミスによる書類の受け取りに潤と村田が向かったのは二日後のことだった。

指定されたカフェでのこと。厳しいと聞いていた先輩は想像以上で、初めの藤井という女性の前で、潤と村田は先ほどからもう何度も頭を下げていた。

事前に林に連絡を入れてもらっていたはずだが、そんなやり取りなどなかったように藤井は今回のミスの説明を要求してきた。険悪な雰囲気やきつい表情をする女性を前にするとどうしても体が凍りついてしまう潤だが、こんな時に苦手も何もない。ときに鋭い指摘を受けながら、潤はミスが発生した経緯を説明して謝罪に臨んでいた。

潤が謝罪のためにもう一度頭を下げると、藤井はようやくきつい目を逸らしてくれる。だがその視線は、今度は隣に座る村田に向かう。瞬間、村田の体が震えたのがわかった。

「それで。そちらの女性は何も言わないけれど、あなたは謝罪するつもりはないの？」

「いっ…いえっ、そんなことはないです。私もとても申し訳ないと思いましたっ」

「だから、何に対して申し訳ないか、きちんと言葉にしてって、私は言ったわよね？　聞いてなかったのかしら？」

どこまでも厳しい言葉をかけられて、村田の顔はもう青ざめてこわばりきっていた。けれど感情をこらえるように一度唇を噛んだあと、村田は向かいの席の藤井を見つめる。

「同じインターンシップ仲間のミスを防げなかったことを申し訳なく思います。あと――」

藤井が潤たちの謝罪に納得して、用意してもらっていたマイナンバーの書類を渡してくれたのは、面会してから思った以上に長い時間がたったあとだった。

席を立っていく藤井を見送って彼女がドアの向こうに消えたあと、潤と村田は力尽きたように椅子に座りこんだ。

「……死ぬかと思った」

「……うん」

村田の呟きに、潤も思わず頷く。けれどハッとしてもう一度藤井の消えたドアを見て、そこに本当に彼女がいないことを確認して、ようやく潤はゆるゆると体の力を抜いた。

藤井の叱責や指摘は納得がいかない部分もあったけれど、流出すると何が起こるかわからない個人情報が記された大事な書類に関わるミスだ。藤井からしてみるとそんな自分の大事な書類を、本来なら触れることも許されないはずのインターンシップ生が触れたことすら、気持ちが収まらないのかもしれない。何度もしつこく蒸し返して怒られたのは堪《こた》えたけれど、そんな藤井の気持ちもわかるから、潤は何度も謝罪し続けた。

それに小さい頃から理不尽な理由で叱られていた潤としては、正当な理由で怒られてそれに頭を下げることなど、そう難しいものではなかった。

しかし、村田は違うようだ。心底ダメージを受けたらしく、優しげな顔は今にも泣きそうだ。叱られていたときに泣き出さなかったのが本当に不思議なくらいだった。

「あの、次はおれひとりで行きますから、村田さんは休憩しててください」

そんな村田を見て、潤は声をかける。

先輩の叱責は想像以上だった。また次も怒られるだろうし嫌な思いもするかもしれない。怒られるのはひとりでも二人でも変わらないと思ったけれど、実際隣で一緒に怒られてくれる人がいると、何だか変に心強かったのが不思議だった。まだ頑張れると力がわいてきたのだが、こんなにダメージを受けている村田にもう一度それをお願いなど出来ない。一度でも一緒に謝ってくれただけでありがたかった。

そう思った潤だけれど、村田は大きなため息をついたあと首を振った。

「ううん、次も一緒に行く。大丈夫、ちょっといろいろチャージ中なだけだから」

「でも……」

「私も少し関わった失敗だし、橋本くんの言う通りにこれが今の私の仕事だと思ったからやめない。橋本くんが教えてくれたでしょ?」

ようやくすっと背を正して、コーヒーカップを手に取りながら潤に微笑んだ村田は、すっかり冷えてしまったコーヒーを美味《おい》しそうに飲む。

「あれから、私も気持ちを切り替えたの。雑用ばかりやらされて、腐っていたのは郷司さんだけじゃないんだ。自分も同じ。前に橋本くんにグチったよね? あの時は本当にごめん。けど、だからこの前の副編集長の話を聞いて、まるで自分が叱られているみたいだって思ったんだ。

もしかしたら、あそこでミスをしたのは自分だったかもしれないんだって。身につまされたっていうのかな」

「村田さん」

「思い返してみるとさ、橋本くんはどんな雑用でも嫌な顔ひとつしなかったよね。それどころか、自分から率先して引き受けてた。手が汚れるゴミ集めだって使いっ走りみたいな買い出しだって何だって。橋本くんだけが仕事を任されるのは優秀だからというのももちろんだけど、それに加えて先輩たちがそんな普段の橋本くんの態度を見ていたからじゃないかって思ったの。面倒な雑用も丁寧にやり遂げる橋本くんなら、大事な仕事を任せても大丈夫だって」

副編集長の話を聞いて初めて気付いたんだと村田は苦笑した。

「だから、自分も見習いたいって思ったんだけど……。橋本くんってさ、求めるものが常に高いところにあるよね。あの時のシュレッダーミスだって、失敗を終わったことにしないで振返って、もっと何か出来たんじゃないかって反省してきちんと考えてた。この前一緒に帰ったときに話してみて、私なんかおよびもつかないような高いところを目指してるんだってわかったんだ。そういうの、何かすごいよね。私にはやっぱり真似出来ない」

「そんなことないです。おれはそんなすごい人間なんかじゃ——」

「そうやってすごいことをすごいと思わずに出来るのがすごいんだよ。ふふ、何か『すごい』

を連発してしまったけど。でもそういう橋本くんなのに、雑誌は作れないって言う。考えてみれば当たり前だけれど、橋本くんだってタッチ出来ないような雑誌の仕事に今の私が関われないのは当然だって、初めて胸にすとんと落ちてきたんだ。だから橋本くんの、今の自分に出来る仕事をやるって言葉に深く共感した。私も、全力で今の自分に出来ることをやりたい。だから今回のことは勉強にもなるし、最後まで橋本くんと一緒にやるんだ」

ちょっと照れくさそうに身を捩《よじ》らせて窓の方を見る村田に、潤は胸が熱くなった。

「それからね、そういう気持ちを教えてくれてありがとう――」

村田は最後にそうもつけ加えた。

潤がガレス・ジャパン編集部で働いて初めて、雑誌を作る際には台割というものが大切であるのを知った。台割とは、言わば雑誌の計画表みたいなものだ。雑誌のどのページにどんな記事や広告があるか、いろいろな記事をどこに配置するのがベストか、トータルで見てページの色彩に片寄りはないか、そんなさまざまな点をひと目で把握出来る一覧表である。ガレス・ジャパンでは雑誌に関わるスタッフが多いだけに進行状況を確認するのにも役立つという。

台割の形式は出版社や雑誌によって違うらしいが、ガレス・ジャパンにおいては大きなホワイトボードがそれだ。記事が出来上がったら、雑誌の見開きページの縮小コピーを、ページ順にそのボードに貼りつけていく。

「何か感動する……」

潤は、村田と一緒に作ったページがそこに貼られてあるのを感慨深く眺めた。

雑誌の最初にまとめられたインフォメーションスペースにそれはあった。手の平を横にしたほどの枠に、潤たちが作った記事も載った見開き二ページ分が貼りつけられている。といっても記事は一ページのさらに半分のスペースなので、縮小コピーされているそれは文字も読めないほど小さい。が、自分が作ったものがこうして雑誌に組みこまれているのを見ると胸が熱くなってならなかった。

校了日と呼ばれる印刷所に出す締めきりまではあと二日だという。ほとんどは記事が貼りつけられているが、出来上がっていないものも少しある。表紙もまだ白紙が入れられているだけだった。

あ、泰生の記事のところだ……。

泰生の記事は巻頭で、全部で八ページ。ただこれもまだ出来上がっていないため、担当である副編集長の名前とフランスのブランド名やモデルが泰生だという簡単な企画説明が入った紙が枠に貼られているだけだった。

出来上がると、潤が作った記事のように縮小版ページにしてここに貼り出されるのだ。それをこの目で見られないのが、潤は少しだけ残念に思う。

「お待たせ。編集長が戻ってこられたから、会議室へ行ってくれる？」

先輩スタッフに呼ばれて、潤は村田と一緒に会議室へ移動する。ソファに座って何か仕事をしていたらしい編集長は、入ってきた潤たちを見てペンを置いた。

「一ヶ月間のインターンシップも今日で終わりね。お疲れさまでした。うちのインターンシップに参加してみて、どうだったかしら？　編集という仕事が少しは理解出来た？」

編集長が言ったように、インターンシップは今日が最後だった。ひと月というのは短いようでなかなか長かったなというのが潤の感想である。それだけガレス・ジャパン編集部が色んなことを潤たちに体験させてくれたのだろう。本当に内容の濃い一ヶ月だった。

潤たちが作った記事は出来上がったが、雑誌が発売されるのはまだ先の話。実際雑誌が出来上がったら送ってくれるらしくそれは楽しみだが、今日でもうこの編集部に来ることはないのだと思うとやはりしんみりした気持ちになる。

シュレッダーのミスがあったあと、潤たちは無事に先輩スタッフの二人からマイナンバーの書類を受け取ることが出来た。編集スタッフの皆から労《ねぎら》いの言葉をもらい、特に林からは有名チョコレートショップのつめ合わせをプレゼントされるという嬉しい出来事もあった。

ただ、問題を起こした郷司はあれから編集部に姿を見せることはない。連絡さえもなく、だから無断欠勤ということでインターンシップは打ち切りになったという。

「後日レポートとして提出してもらうけれど、簡単でいいからちょっと聞いてみたいわ。そうね、まずは橋本くんからお願い出来るかしら」

編集長は、ソファに座った潤へと視線を向けてくる。

「はい。今回のインターンシップを経験して、雑誌を作るという仕事がほんの少しですがわかった気がします――」

話しながら、潤はこの一ヶ月のことを改めて振り返っていた。

ガレス・ジャパンという出版社へインターンシップで入った潤たちに任せられたのは雑用が多かったけれど、さまざまな雑用に真摯に取り組むことで、最後の方になると編集という仕事の内容や流れが見えてくる感じがした。インターンシップ当初に先輩から受けた通り一遍の説明以上に、より深く理解出来た気がする。

一般的に社会において、何もわからない新人に雑用を多く任せるのはそういう意味合いもあってのことかもしれないと、潤はこれから自分が関わる演出の仕事でも意識を変えて見てみようと新たな意欲がわいた。

それにインターンシップでは泰生の庇護《ひご》下《か》から離れて働いたことで、少しだが社会の厳しさを体験することが出来た。自分が得意とするものや苦手だなと思う分野が顕著になったのは、特別扱いされずに単なる下っ端として容赦なく色んな仕事を命じられたせいだろう。

おかげで、得意とする語学関係は想像以上に戦力になると確信が持てたし、不得意だと改めて認識した人とのコミュニケーションも、働いていく上では避けて通ることは難しいのを知った。ましてやこれまでのように苦手な分野だからと泰生たちから庇《かば》われたり甘やかされたりするのは以《もっ》ての外《ほか》。社会に出るまでに少しでも改善したいと今後の新たな目標とすることにした。

「あとは、そうですね、一緒に仕事をする仲間の存在が頼もしいと思ったのも、今回のインターンシップを通じて感じたことです。村田さんがいたことで切磋琢磨《せっさたくま》する気持ちが強くなったし、仕事をする上でも大きな助けになって――」

演出の仕事では泰生をはじめとして年齢も経験も上の人間ばかりだったが、今回のように同じ環境に身を置く同年代の存在はさまざまな意味で刺激となった。

隣に座る村田を見ながら話を締めくくると、彼女はなぜか少し顔を赤くしていた。不思議に思って目を瞬かせていたら、村田が恥ずかしそうに恨めしげに潤を睨んでくる。

そんな村田も、ミスを隠すタブーや小さな雑用が大きな仕事へ繋がっていることを学んだと口にした。潤も提出するレポートには書き入れようと思っていたことだったので、話を聞きながら一緒にうんうんと頷いてしまった。

「二人の話を聞いていると、一ヶ月という短い期間だったけれど、本当に色んなことを学んでくれたことがわかったわ。それだけ高い意識でインターンシップに臨んでくれたのよね。私からもお礼を言わなくちゃいけないわ、どうもありがとう。さて、そういうわけでインターンシップは終了するんだけれど——」

編集長はそう言っておもむろに言葉を止めて、意味深に潤と村田を見つめる。

「二人とも、もう少しバイトとして編集部で働いてみない？」

「え……」

「インターンシップの間、村田さんも橋本くんも思った以上によく働いてくれたから、これからもお願い出来たらと思ったの。バイトの働き如何《いかん》によっては、大学卒業後に正社員としての採用も考えているわ。どうかしら？　特に橋本くんにはぜひ残って欲しいのだけれど」

熱望するような強い目で見つめられて、潤は息がつまった。だから背筋を伸ばして一度深く呼吸をし、気持ちを静めてから口を開く。

「ありがとうございます。ですが申し訳ありませんが、お断りさせてください。先ほど感想を述べた通り、今回のインターンシップでは編集という仕事や社会を勉強させてもらう貴重な機会をいただいたと思っています。だからこそ、自分が本当にやりたいことは違うのだとはっきりしました。編集長のお言葉はとても嬉しかったのですが、本当にすみません」

潤は頭を下げた。何か言われるかと思ったが、少し残念そうな顔はされたが編集長からはあっさり了承される。以前一度断ったこともあるし、潤の事情をすべて知っている編集長だから、今回も断られることを前提としていたのかもしれない。

そういえば先ほどから隣に座る村田はやけに静かだなと横を見ると、どこか呆然とした様子で編集長を見ている。村田はファッションエディターになるのが夢で、特にこのガレス・ジャパンは憧れだと言っていたし、てっきり嬉しそうな顔をしていると思っていたから、その村田の反応には潤も驚いた。

「村田さん？」

声をかけると、目を覚ましたように体を震わせる。そうして、おろおろと視線をさ迷わせた。

「あの、編集長。でも私は、橋本くんみたいに優秀じゃないし橋本くんの手伝いはしたけれど自分で何かやり遂げたものもありません。雑用ばかりしていたのに、どうしてそんな私が……」

信じられないという顔で、村田が頬に手を当てる。

「村田さんのそんな姿勢が気に入ったのよ」

編集長はそんな風に話を切り出した。

「特にマイナンバーの書類の件で、後処理に奔走してくれたことは編集部としてもとても助かったわ。橋本くんはもちろん、村田さんも自分から率先して謝罪に回ってくれたわよね。村田さんたちのことを、藤井さんたち——育休中のスタッフもとても誉めていたのよ。彼女たちは二人とも厳しいところがあるのだけれど、書類を受け取りに来た村田さんたちに対してもあえて厳しくてきつい言葉をかけたらしいわね。けれど、村田さんたちは下手な言い訳をしたり泣き出したりもせずに、きちんと役割を果たした。そのことにあの二人はとても感心したらしいの。うちが確保しておくべき人材だって、すぐに電話がかかってきたのよ」

初めて聞いた話に、潤は村田と目を合わせる。

確かに書類の回収で会った育休中のスタッフは二人とも厳しかった。途中で気持ちが挫《くじ》けそうになるほどきつい言葉を重ねられたが、潤たちが何とかやり遂げることが出来たのは、自分がミスに関わったという反省の気持ちと書類を受け取らなければという使命感があったからだ。その場に村田と二人だったからというのも大きい。

そんな潤たちを、ちゃんと見ている人がいたんだということに驚いた。じわりと嬉しさもにじみ出てくる。

「それに、村田さんは最近は率先して仕事を引き受けてくれているでしょう？　積極的になったわよね。そういう姿勢も見て、インターンシップで終わらせるのはもったいないと思えたのよ。もともとセンスはよさそうだし、もう少し働きぶりを見たいと思ったの」

編集長の言葉の途中から、村田は涙をこぼし始めた。そんな村田に編集長は優しい顔をする。

「大学卒業後に正社員になれるか否かは、バイト中の仕事ぶりにかかってくるのは先ほど言った通りよ。どうかしら、村田さんはアルバイトを引き受けてくれる？」

編集長の言葉に、村田は泣き笑いの顔で返事をした。


ガレス・ジャパンの名が入った封筒からそれを取り出すと、ぷんと真新しいインクの匂いがした。三百ページは優に超えるぶ厚い雑誌にそっと鼻を近付けて、潤はインクの匂いを胸いっぱいに吸いこんだ。

「何してんだ、潤？」

「あ……」

つい先ほど泰生と一緒にマンションへ帰ってきた潤は、見覚えのある封筒を受け取って有頂天になった。コートを脱ぐのも荷物を片づけるのもすべて後回しにして、ソファの上に座りこみいそいそと包みを開けたが、そうしたタイミングでひと足先に着替えを済ませた泰生がリビングに戻ってきたというわけだ。不思議そうに眉を寄せる泰生に、変なところを見られてしまったと恥ずかしく思いながら、潤は届いたばかりの雑誌を差し出す。

「届いたんです！　ガレス・ジャパンの雑誌。おれの記事が載っている号です。あ、そうだ。泰生の撮影の記事も載ってますよ」

潤が言うと、泰生は「あぁ」と思い出したように声を上げる。

潤がインターンシップに参加していたときに関わった雑誌がついに発行されたのだ。約束通りに送られてきた雑誌を、隣に座った泰生と一緒に見ることになった。

「わ、台割の通りに広告が載ってる」

表紙をめくると、ハイブランドと呼ばれる世界的に有名なブランドの広告ページが実に四十ページ近くも続いていた。そのどれもが美しい写真の広告で、その中のひとつには泰生がポーズを取っているブランドもあった。

普段は読み飛ばしていたページなのに、編集の仕事に関わったせいだろう。つい興味深くて、一ページずつチェックしてしまう。

そうしてようやくインフォメーションコーナーに辿り着いた。

「はぁ……」

その一ページの上半分に、潤が書いた記事が確かに載っている。

それを見て、潤は思わずため息をついていた。そっと指で記事に触れて、泰生を仰ぐ。

「泰生、これです。おれが書いた記事……」

「ふぅん？　見た目《みめ》的にはそれなりの仕上がりになってるじゃねぇか」

潤を後ろから抱きこむようにしながら泰生が記事を読み出した。パッと見た印象は上々のようだ。記事を実際読んだらどんな感想をくれるのか、潤はドキドキしながら待つ。

「潤が書いた記事だって、わかるな」

そうして泰生の第一声は思ってもみないものだった。

「そうですか？」

「あぁ。言葉はアレンジが加えられてるが、潤の真面目さを感じる。自分が感じたことを伝えたいって一生懸命に書いたのが伝わってきて、好感が持てるぜ。全体的に遊びが少ないのが気になるが、まぁ、スペースも小さいから仕方ないのかね」

「それ——遊びが少ないって感想、編集長にももらいました」

潤は思わず声を上げる。

出来上がった記事を編集長へ見せたとき、同じことを言われた。見る人が見れば、感じることは同じなんだなと潤は驚きを持ってページを見下ろす。

「でも、初めてにしては上出来じゃね？　さすがはおれの潤だな」

「そう、ですか……？」

泰生に優しい目で見つめられて、潤は嬉しくて大いに照れた。雑誌を握る手に汗がにじんでくるようで、汚してはいけないと慌てて膝の上に置く。

「このパンプスの写真を切り抜くアイデア、よくないですか？　村田さんが言い出したものなんです。飛び出す感じで勢いが出ていいなぁって。でも、やりすぎると誌面がごちゃごちゃして見にくくなるってデザイナーさんに言われて、そのバランスが難しくて――」

記事のことを話すうちに、いつの間にか作った過程をひとつひとつ説明することになってしまった潤に、最後には泰生も苦笑をもらしていた。

「はいはい。ったく、えらく嬉しそうな顔をして」

ガレス・ジャパン編集部でのインターンシップを終わらせてしばらくのち。潤の日常はまた少しゆっくりに戻った。大学生活と泰生の事務所『t.ales《ティアレス》』でアルバイトをする毎日だ。ただアルバイトの他にも、今度は黒木の手伝いで来日するイタリア人デザイナーのお世話をするというコーディネートのアシスタント業務のために、また最近はちょっとだけ忙しかった。

「あっ、泰生の記事です。そっか、この写真をトップに持ってきてるんだ。すごい。きれいに仕上がってますね。この写真、ゾクゾクするほど妖しい感じがします」

見事なファーがついた漆黒のロングコートにとろりとした生地のヒョウ柄のスーツを着た泰生が大階段に足を投げ出してけだるげに座っている写真が見開き二ページを飾っていた。官能的なデカダンというテーマで用意されていたのはラグジュアリーな衣装ばかりだったが、特に夜の王さまが着るようなこの妖艶なコートはすばらしかった。

「こっちのページの、泰生の表情違いでいいのが三枚もあってすごく迷ってたんですよ——」

泰生の記事については、潤は写真のセレクトまでは関わった。あの時、副編集長たちが時間をかけながら吟味してこれらの写真を選んでいたのを思い出す。テーマなど意図するファッションに則《のっと》った写真か、モデルの『タイセイ』が遜色ない写真か、すべてにおいてバランスが取れて読者を引きこむような魅力的な写真か。

そんな過程を見て、ファッションエディターというのは仕事の的確さと美的感覚を両立させることが大事なんだなと潤は思った次第だ。自分にはちょっと難しいだろう、とも。

その点、センスがある村田さんだったら大丈夫な気がする……。

今もガレス・ジャパン編集部でアルバイトとして働いている村田とはたまに連絡を取り合っていた。インターンシップのときと変わらない雑用ばかりの日々らしいが、村田はかつて以上に毎日が楽しいと言う。そうして卒業後には正社員として働けるように、つい先日からフランス語のレッスンへ通い始めたらしい。

頑張り屋な彼女に負けないように自分ももっと頑張りたいと思うものの、インターンシップはもういいかなと潤は考えていた。というのも、本来インターンシップとはその職種に興味があって就職を希望する人が参加するものだろう。そういう人たちにとって、職業体験がしたいというだけの自分の存在は迷惑になるだろうと思ったからだ。

泰生の庇護下を離れて独り立ちする機会は、これから見つけていこうと考えている。

「へぇ。ちゃんとこれが選ばれてんだ？」

泰生が指したのは、刺繍がびっしり施されたジャケットを羽織った写真だ。秋バラが咲く庭園でのシーンだが、首に手を当てた泰生は薄く微笑んでこちらを見ている。

おれが首を触ったら『好きだぜ』の合図だからな――。

撮影の合間に泰生に言われた言葉を思い出して、そうして始まった撮影で何度か首筋に手を当てる泰生を見て体が熱くなったのを思い返し、潤は顔を伏せる。

「潤だって何かサインを返してくれると思っていたのに結局あの時は何の反応もなくて、おれって本当に愛されてんのかって疑いたくなったぜ」

「そっ…だっ、あの時っ、泰生は笑ってばかりいたじゃないですかっ！」

首に手を当てるたびに、潤が顔を赤くしたり言動がぎくしゃくしておかしくなったりするのを、泰生が楽しげに見て笑っていた姿を潤は覚えている。

焦りと悔しさで声を上げたが、泰生が潤の抗議に堪えるわけがなかった。

「でもさ、これが載ったことで公開告白になったよな。誌面でおまえに愛の告白をしてんだ、好きだぜって。すげぇと思わねぇ？」

さらにとんでもない発言をする。

「う……」

「潤は、今度も何も返さねぇの？」

にやにやしながらだ。泰生を出来るだけ見ないようにしているから確かではないが、気配でそんな表情をしているのが伝わってくる。

からかわれているのはわかっているけれど、自分だって一度くらいは泰生にサインで気持ちを返したい。そう思うのも確かで、だから潤は泰生の右手を取った。

「何だ？」

抱きこむように肩に回されていた泰生の手を取って、潤は自らの首筋に押し当てる。すりすりと、泰生の手で首筋を擦るように動かした。

「おまえ……」

なぜかあ然とするような声が聞こえる。

「泰生？」

自分の『好きです』の合図は何か間違っていただろうか。

不思議に思ってすぐ近くにある泰生の顔を見ると、目元が赤く染まっていた。そうして突然熱いものに触れたみたいに潤の首筋から手を引き抜いた。体まで離されてしまう。

「おまえ、とんでもねぇー……」

そうしてとても疲れたように呟かれて、何か納得がいかずに潤は頬をふくらませる。そんな潤に、泰生はくしゃっと顔を崩すように苦く笑った。

「そういうとこ、おれがおまえに勝てる日は一生来ねぇんだろうな」

「意味わかりません！」

「わかんねぇのか？　おまえにメロメロだって言ってんのに」

「は……？　え……そう、なんですか？」

いつの間にそういう流れになっていたんだろう……。

不思議に思う潤に、泰生は「そうなんだよ」と鼻先に小さなキスをしてくる。

「ん！」

「それで、ガレス・ジャパンで一ヶ月働いてどうだった？」

突然のキスに潤がどぎまぎしている間に、泰生はさらりと話を変える。多少合点がいかなかったが、それは潤も話したかったことなのでそのまま素直に頷いた。

「おれって、まだまだ知らないことが多すぎるなって思いました」

インターンシップに参加していたとき、こんなことがあったあんなことをしたと時間があれば話をしていたが、仕事で忙しい泰生とはすれ違いの日々も多くて、じっくり話をする機会はほとんどなかった。雑誌が届いたことで、だから潤は改めて一ヶ月間の思いを語り出す。

「自分が未熟だなって、改めて実感しました――」

今見ている雑誌に載る泰生の撮影のときもそう感じた。

泰生の撮影現場にはもう何度も足を運んでいて、泰生がそこでどんな仕事をしているのか、撮影とはどういうものか潤は知っていたつもりだったのに、立場が違うと仕事の内容も全然違った。当たり前のことなのに、潤は初めて気付いたのだ。何もかも知ったつもりでいた自分が恥ずかしくなった。

また、自分の力不足も痛感した。今回は特にフランス語訳に多く関わったせいもあるが――戦力になると自覚した一方で――訳すのに時間がかかったり次々と新しい流行語が生まれるファッション用語に頭を悩ませたりして、まだまだ勉強が足りないことを感じた。

それでも、これまでのようにそのことに対して変に悩んだり焦ったりしないのは、自分の実力を実感出来たからだ。この前大山や未尋たちには少し話したが、こういう未熟ぶりも大学生という年齢からいえばごく一般的であるため、今の自分のままでいいのだと思えるようになった。色んな意味で地に足がついた感じだ。

だからこそ、このまま堅実に研鑽《けんさん》を重ねようと気持ちを新たにしている。

「それに今回のことで、自分がとても環境に恵まれていることを実感しました。この泰生の撮影におれたちが参加出来るよう、上水流編集長へ電話してくれたんですよね？」

「女史とレンツォには笑われたぜ、過保護だってな」

否定しない泰生に、やはりそうだったと潤は微笑む。

「手を離せないのはおれの方かもな。撮影んとき、おまえがおれの隣じゃなく別のとこで働くのを見て、何か苛々《いらいら》した。違うヤツの命令を聞いてるのを見てたら、すげぇムカついた。そこじゃねぇだろ、おまえのいる場所はってな」

「泰生……」

「おまえ、ガレス・ジャパンからインターンシップ後も残れって言われたんだって？」

「はい、言葉が話せるのはやはり重宝するらしくってバイトとしてこのまま続けないかって」

潤が言うと、泰生が仕方ねぇなというような長いため息をつく。

「頭はいいし努力を厭《いと》わないし、何より真面目って——デキる人間から好かれる要素が多すぎんだよ、潤は。しかもおまえって人の懐に入るのが上手いだろ。するっと一番奥に入っていくんだ、そうしてがっちり相手の心を摑んでしまう。この前の撮影んときだって、たった二週間くらい一緒に仕事をしたスタッフからもえらく信頼されてたよな。そういうの、ほんと潤らしいぜ。前に、便利に使われてんのかって少し気にしたこともあったが、いらぬ心配だったな」

「えっと、えっと」

「おまえを欲しがるヤツはこれからもきっと出てくると思うぜ。でも絶対手放さないけどな」

手を引っ張られて懐に入れられたかと思ったら、本当に手放さないぞとばかりに強く抱きしめられてしまった。

「うん、嬉しいです……」

何だかずいぶん噛みしめるような言い方になったことが恥ずかしくて、すぐに言葉を継ぐ。

「おれも、泰生の手を絶対離しません。だって、おれの世界は泰生から始まったんです。泰生が連れ出してくれたから今のおれがある――毎日がこんなに楽しいって思えるようになったんですから。泰生が嫌だと言ってもくっついていきます！」

泰生から何となくもの寂しいような気配を感じたのもあって、潤はぎゅっと泰生の腕を掴んで断言した。まさか泰生が、自分が離れていくのを心配しているなんてことはないと思うが、話の流れもあって宣言しておきたかった。

そんな潤に、泰生はくしゃりと表情を崩す。

「最後のは少しストーカーチックだろう」

笑ってそんな風に言われてしまい、潤は不満げに声を上げかけるが、その途中でなぜか泰生からソファに押し倒されていた。二人の下敷きになったガレス・ジャパンの雑誌を引き出して床に置いた泰生は、潤を腕の間に囲う。

「あー、やっぱ潤はいいわ。おまえ、すげぇ好き。唇が腫れ上がるほどキスしようぜ」

「んーっ」

楽しげに言う泰生にそのまま口を塞がれてしまう。唇を割られて、滑りこませた舌で口内をくすぐられた。首筋に小さく電気を感じて顎を上げると、泰生が笑った気配がした。

「んやっ、泰生っ……まだ話……っ」

「やだね。したいなら、このますればいいだろ。おれがキスしてぇんだよ、やらせろ」

傲慢に言い放ったあと、また唇を押しつけられた。

小さなキスを繰り返したあと、触れたまま間近で潤を見つめてくる。ピントが合わないくらい近いのに、泰生がとても機嫌がいいのはわかった。

「ふ……ん」

唇に吸いつかれて、しぜん喉が鳴る。それに気をよくしたように、泰生はさらに何度も唇を吸ってきた。きつく吸われていると、本当に腫れてしまうのではないかと考えてしまう。

潤の顔の横に肘をついて体を支える泰生は、キスをしながら潤の足に自らのそれを絡めてくる。敏感な箇所が触れ合う感じにどきりとして体が震え、それが合図だったように泰生のキスは再び深いものへと変わった。

「っん、ん……ふ」

口の中を好き勝手にまさぐられていると、泰生に支配されているような気がする。柔らかく触れる舌は熱くて、ざわざわとした何かが生まれては背筋を駆け上がっていった。

ときに、口の中のどこかに触れられると頭の芯が弾けるような瞬間があって、自分がバターか何かのように溶けていくのを意識する。

そうして、泰生に美味しく食べられてしまうんだ……。

浮かされるような頭で、潤はそんなことを考えてしまった。

「っは……っ、ふぅ」

キスが解けたのは、唇が少しひりひりした頃だ。ずいぶん長い時間キスをしていたみたいだ。ゆったりとしたキスが気持ちよかったため、時間の感覚がわからなくなった気がする。

腫れぼったいような濡れた唇を、無意識に指先でなぞっていた。

「何だよ、まだし足りないって？」

そんな潤に、泰生こそキスが足りないというように舌舐めずりをする。そうして一度起き上がると、潤の襟元を寛《くつろ》げていった。

「ん……泰……せ？」

帰ってきたままソファに座りこんだ潤だから、まだコートもカーディガンもシャツも何もかも着たままである。それを、なぜか泰生はひとつひとつ脱がせようとする。しかし途中で面倒くさくなったように、ズボンからシャツを引っ張り出すとカーディガンと一緒に首元まで引き上げてしまった。

それを、未だキスの余韻《よいん》から覚めやらぬ潤はぼんやりとして見つめる。

「おまえって本当にキスが好きだよな。とろんとした顔で、今から何されるかわかってるか?」

そんな風にからかうと、泰生は潤の胸に顔を下ろしてくる。

「んんっ」

吸いつかれたのは乳首だった。音を立てて吸ったあと、芯が入った尖りを今度は唇で挟んでくる。乳首を舐めしゃぶりながら、泰生の手は今度は潤のズボンに触れた。ベルトを片手で器用に外して、ズボンの前立てを開ける。

「ゃ、やぅっ」

そうして触れたのは、ゆるく勃《た》ち上がっていた潤の欲望だった。下着を引き下ろされて、泰生の熱い手に握られた瞬間、潤の口からは甘い声がこぼれ落ちていた。

「ぃあっ」

屹立をすっぽり手で握って、優しく上下に動かされると快感が一気に雪崩《なだ》れこんでくる。甘い痺《しび》れはあっという間に潤の股間を占拠し、思考をおかしくした。

「あー……あ、あっ」

「一気に硬くしやがって」

最初のキスでとろとろに蕩《とろ》かされたせいか、潤の体は素直に快感を飲みこんでいくようだ。

その貪欲さには泰生の方がびっくりした声を上げた。

びくびくと自分の腰がいやらしく動いているのを意識する。けれどそれに羞恥を覚えるより今はもっと気持ちよくなりたいと、泰生の手を挟みこむように足を絡ませてしまっていた。

「こぉら、動かせねぇだろ。潤?」

「んぁっ、泰っ……いっ…ちゃ……っ」

楽しそうな泰生の声にさえ、潤はぶるりと背筋を震わせる。

「ったく、相変わらず快感に弱ぇな。コートの下――ソファまでびちょびちょじゃねぇか、いつもなら潤の方が汚すからって嫌がるくせに。理性を飛ばしたときはほんっとエロいよなぁ」

潤の股に挟みこまれた手を、泰生は笑いながら少しだけ動かしてきた。ぎこちない動きになるせいで焦《じ》れったさを覚えるけれど、それを補うように潤の腰の方が自然に揺れ出す。

「あ、あぅ……ん、んっ」

「いいぜ、今日は機嫌がいいから先に潤をいかせてやる」

「っん、っん、あ――…」

恋人の滾《たぎ》った目に見つめられながら、潤は天辺まで駆け上がった。ぎゅっと股に力が入って泰生の手を強く挟みこんだ瞬間、視界が真っ白に爆《は》ぜる。

「ぁ……は、はっ」

「あーすげぇ可愛い。おまえのいく顔ってエロいよな」

力の入っていた体がゆっくりと弛緩《しかん》していく。そんな潤の髪を撫でる泰生の手の心地よさと長い距離を一気に駆け抜けたような苦しさに揺蕩《たゆた》いながら、潤は目を瞑《つぶ》る。

「普段はエロいことはしませんってぇ純な顔をしてるくせに、セックスのときはこんなエロエロになるんだから。今度いく瞬間のおまえの顔、映像にしたいよな。ぜってぇオカズになる。海外に行ってるときに役立つぜ」

胸を大きく喘《あえ》がせながら、ようやく戻ってくる思考で泰生の言葉を考えた。

何かすごいことを言われてる……？

「……しません」

潤が何とか返事をすると「お」と泰生がおかしげに声を上げた。

「何だ、つまんねぇ。もう戻ってきたのか？」

そう言いながらも、目を開けたそこにいる泰生は笑っていた。

その頃になって、ようやく自分の今の状態を意識する。コートさえまだ着たまま、シャツとカーディガンは首元までくしゃくしゃに引き上がってキスで濡れた胸元を曝《さら》け出していた。足の間にいたっては、自らの精でいやらしく光っている。

「ひゃっ」

起き上がって、コートの下――革のソファにまで濡れた感じがあるのに潤は慌てた。

そういえば、最中に泰生もそんなことを言っていた気がする。しかしその時、潤は意識も思考も飛んでしまっていたようで、今さらながらに後悔した。

「もう何でこんな……っわ」

慌しくシャツとカーディガンを引き下ろしながら、何か拭くものをと思ってソファから下りた瞬間、足の力が入らずその場に頽《くずお》れてしまう。

「ぁ、あれ」

「ばぁか、まだエロいモードを引きずる体で動くからだ」

「だって、買ったばかりのソファをこんな……汚してしまうなんて」

コートやズボンは恥ずかしいがクリーニングに出せばどうにかなるが、こんな革のソファを汚した場合、潤にどうにか出来るとは思えなかったのだ。

せっかく泰生が気に入っているソファなのにと落ちこむ潤に、けれど泰生はいたって穏やかに床にしゃがみこんで潤に触れてくる。

「だから慌てんなって。こういうのは、多少の水気は拭き取れるように防水加工してあんだよ。あとでおれが拭いとくから、まずは先に潤の世話だろ」

そう言うと、潤が抵抗する間もなくさっと抱き上げた。

連れていかれたのは浴室だ。ぐちゃぐちゃになったコートやシャツやズボンなどをはぎ取って丁寧に体を洗われたあと、今度はベッドルームへと運ばれる。

玄関から続く廊下の他に、畳が敷いてあるのはこの寝室だけだ。リノベーションが行われて二ヶ月もたつというのに、まだ畳のいい香りが部屋中を満たしている。

「ちょっとバスルームで遊びすぎたか。潤は茹《ゆ》だってないか？」

それが心地好《よ》くて、この部屋でベッドに横になるとすぐ眠ってしまう潤だが、今日はバスルームで体を洗いながら散々体を弄《いじ》られた経緯を思うと、泰生はまだまだ眠らせてくれるつもりはなさそうだ。潤自身も悪戯をされたせいで体は熱を持っていた。

バスローブに包まれてベッドに座らされた潤は、泰生が冷蔵庫から持ってきてくれた冷たいミネラルウォーターを飲むと少しホッとする。

それでよしと覚悟を決めた。

「湯あたりは大丈夫です。それで、こ…今度はおれにさせてくれませんかっ」

泰生に愛されることが圧倒的に多い潤だが、潤だって泰生を愛したいと思う。特に先ほどは意識が飛ぶほどいやらしくされたことを思うと、お返しをしなければと考えてしまう。恥ずかしさはあったが、ベッドルームの照明の暗さが潤に勇気を与える。

「へぇ?」

泰生は片眉を上げて潤を見た。その面白がるような表情に少し怯《ひる》んでしまう潤だが。

「んじゃ、お手並み拝見といこうか」

決意が鈍る前に、泰生がごろんとベッドに横になるのを見て心を決める。おずおずとベッドをいざって泰生のバスローブに触れた。

「えっと、それで、さっきの話の続きなんですけど」

しんとした寝室でいざ事に及ぼうとすると何だかとても緊張して、潤はそれを紛らわせるために話をすることにした。

「さっきのって、どのさっきだ?」

「だから、ソファで話していたときの――環境に恵まれているなって話です」

「あぁ……」

思い出すように潤から視線を離して宙を見た泰生に、今のうちだと潤はいそいそとバスローブに触れる。リネン生地のバスローブは薄手だが肌触りがよくて、泰生が海外から買ってきたお気に入りだ。その腰紐《こしひも》を潤はゆっくり解いていく。

「今回、インターンシップでいろいろと経験出来たのは、皆のおかげなんですよね。ガレス・ジャパンの出版社を紹介してくれたのはレンツォですし、パーティーでいい記事を書けたのは木村《きむら》さんがいろいろ教えてくれたからです」

うっすらと筋肉の乗った泰生の体を見ると、未だに潤は照れてしまう。特に風呂上がりの今は下着も着けておらず、これから愛撫《あいぶ》しようと思っている泰生の欲望には、顔がほてってたまらなかった。それでも、震える手でそっとそれを手に取る。

「あと色んな経験をした方がいいって今度自分のコーディネートの仕事に連れていってくれる黒木さんもそうですし、おれが泰生と知り合いだってわかると大変だからって一緒に対策を考えてくれた八束さんや田島《たじま》さん、他にも大山くんや未尋さんも――」

今はまだ反応すらしていない泰生の雄芯だが、潤が手の中に握ると微《かす》かに震えた。それに気をよくして、ゆっくり手を動かし始める。

「っ……少し弱すぎ。くすぐったいんだけど？」

苦笑されて、ほんの少し力を入れて握りこむ。男にしては小さな手だからだろうか。潤の手に余るような泰生の欲望が、それでわずかだが硬くなったのにホッとした。

「あの、だから、何か皆にお礼をした方がいいのかなって思って」

手の中で変化していく泰生に、潤も次第に体が熱くなっていく。それを誤魔化《ごまか》すように、泰生を愛撫する手の動きを速くした。そんな手淫に一瞬息をつまらせた泰生だが、長く息を吐いたあとに、潤の話に乗ってきてくれる。

「別に潤が特別に何かする必要はねぇよ。普段の潤の姿勢を見て、皆応援したくなっただけだから」

「え?」

「潤がそうやって皆のおかげだって考えるだけで、その感謝の思いは相手に伝わってんだ。だからいいんだよ。どうせ礼のひとつや二つ、もうすでに言ってんだろ? それに潤が何か仕事をやり遂げて成長する姿を見ると、それに自分が関わっていることが嬉しくなる。だから皆はまた次もと潤を応援したくなるんだ」

「泰生……」

「潤が頑張ってるから、皆が支えたいと潤の周りに集まってくるんだよ。人徳だろ」

寝転がって潤を見上げてくる泰生は、ずいぶん優しい目をしていた。先ほど雑誌に写っていたモデルの姿からは想像も出来ないほどの穏やかさだ。ゾクゾクと鳥肌が立つようなかっこよさとは質が違うけれど、やはり潤はこんな泰生が好きだった。

「うん。ありがとうございます」

「だから今も、潤にはちゃんと頑張ってもらいたいんだが?」

「あっ」

泰生は自分で口にして何か照れたのかわざと突き放すような口調で手淫が止まっていることを指摘する。潤も慌てて手を動かし始めた。

せっかくすてきなことを言われたのにそれを噛みしめる暇もなかった。いや、一度に二つのことが出来ないし考えられない自分が悪いのだけれど、こういう大事な話はやはりゆっくりしたときにするべきだったと後悔する。

「ちょっとストップ。潤の顔が見えないと何かもったいねぇ」

そんなことを考えていた潤の手を止めさせた泰生は、ヘッドボードに枕を幾つも重ねてそこに背中を預ける形にした。さらには潤の手を引っ張って、自らの足の間へと誘導する。

「いいぜ。存分にやってくれよ」

そう言われると非常にやりにくいが、潤は改めて泰生の欲望を手に取った。今度は両手で握って、上下に動かし始める。

柔らかい肉塊がだんだん質を変えていく。それに誘われて、潤はそっと顔を寄せた。

「……っ」

唇をつけると、泰生の腿《もも》がぴくりとするのがわかった。舌で舐めて、先端からそっと口に含む。ちゅっと吸うと、泰生が気持ちよさそうに息を吐いてくれて嬉しくなる。

「っふ……ん」

「あー、緩い。生温《なまぬる》いフェラだけど、潤の場合はそれがいいんだよな。変にクる」

何だか貶されている気もするけれど、どうなんだろうか。

複雑な気分になりながら、今度は子猫のように舌先で舐めてみる。

「っん。そうだ、潤。おまえ、ちゃんと後ろは自分でほぐせよ？　さっきバスルームでちょっと弄ったけど、あれじゃまだきついはずだからな」

「んっ……ぇ、それは……」

引き出しから取り出したジェルを手渡されて、潤はしばし呆然とした。

泰生を愛撫しながら、自分をほぐす——？

かなりの高等技術のように思えたが、自分を見つめてくる意地悪そうな眼差しはやめることを許さない。覚悟を決めて、潤はたっぷりジェルを手に取ると、バスローブの裾をくぐらせて後ろへと回す。そうして泰生の屹立にも舌を伸ばした。ジェルでぬめった指先はさっそく腰の奥に触れる。

最初はほぐすんだよね……。

「っふ……ん、ん」

潤の秘所を愛撫するのはほとんどが泰生である。自分ではあまり触ったことがないのは、泰生が潤の乱れる姿を見るのが楽しいかららしく、毎回潤はそんな泰生に甘えていた。

しかしそのせいで今日はとても苦労することになった。

「こぉら、口が止まってるぞ」

上手くいかないからと後ろに集中していると、口淫が疎《おろそ》かになるのは不器用な潤なら当然のこと。泰生に指摘されて、慌ててまた屹立を口に含む。そっと上目で窺《うかが》うと、泰生は楽しそうに見下ろしている。しばらく泰生の視線を意識しながら欲望に舌を這《は》わせていたが、そうすると今度は後ろを弄る指が疎かになった。

「う、んんっ……ふぅ、ん」

「仕方ねぇな、手伝ってやる。おまえは後ろだけに集中してろ」

それがわかったのか。声がしたと同時に、泰生の手が潤の頭に触れる。その手に促されるままに潤は頭をゆっくり動かし始める。泰生の欲望を口に含んだまま、上下するような動きだ。

「しっかり咥《くわ》えとけ」

「っん、ん、んぅ……」

泰生の屹立を、口を使って擦り上げる愛撫だ。ときに、泰生の嵩張《かさば》った先端が喉をつく。苦しさに涙がにじむが、泰生のゆっくりとした手の動きは止まらなかった。

「うー、何かすげぇ背徳感。ゾクゾクする……」

泰生の声に興奮の色が混じる。

潤の指は自らの秘所に潜りこんでいるが、口淫のせいでほとんど動かせない。自分では動かせないけれど、律動のおかげでわずかずつだがほぐれていく気がした。

甘苦しい口淫のせいか、それとも秘所を自ら愛撫しているためか。体はどんどん熱くなっていく。喉の奥まで肉塊を入れられる苦しささえ今の潤には愛撫になっているようだ。

泰生の欲望を口に含みながら、いつの間にか潤の腰はいやらしくうねり始めていた。

「くくく、すげぇエロい」

「う……ん、んんっ」

そんな動きのせいで、指が敏感な部分に触れたようだ。体に鋭く走った甘い電気に思わず蠢《うごめ》くと、口の中に含んでいた泰生の欲望が喉の奥深くに入りこんだ。

「っ…けほっ、けほんっ」

たまらず嘔吐《えず》きかけたことに気付いて泰生の手が潤を引き上げてくれた。

「悪い、調子に乗りすぎたか。大丈夫か？」

咳を繰り返す潤に、泰生が枕元に置いたミネラルウォーターのペットボトルを渡してくれる。

水を飲むと、苦しさも少しずつ薄らいでいく。

「すみません、もう大丈夫です」

未だ潤む視界に見える泰生の顔は心配げで、だから潤は首を横に振ってアピールする。体の中が甘く疼《うず》いて、すぐにでも先に進みたくてたまらなかったのだ。体が泰生の熱を欲している。それを視線で知ったのだろう。泰生の男っぽい美貌が甘く歪んだ。

「いいぜ、来いよ」

熱が凝《こご》ったような低い声で誘われた。腰に響くそれに潤はぶるりと体を震わせて、おずおずと泰生に乗り上げていった。

泰生の腰に大きく足を広げて跨《また》がることが恥ずかしい。泰生がそんな潤をじっと見ていることも羞恥心を加速させる。

大丈夫、バスローブがあるから見えないはず……。

自分を勇気づけて、バスローブがめくれ上がらないように気を付けながら体内で燃え盛る欲情に突き動かされるように潤は動いていた。

「ん……」

膝立ちのまま後ろ手で泰生の屹立を探して、そのまま腰を下ろしていく。

先ほどたっぷりのジェルでほぐした蕾《つぼみ》は泰生の張った先端をゆっくり飲みこんでいった。自らがコントロールするせいか、かなりスローな挿入だろう。けれどだからこそ泰生の肉棒の形がまざまざとわかる気がした。そのくらい潤の肉壁は蕩けて敏感になっている。

「ぁ、あ……ぅんっ」

「つぅう、おまえのろすぎ」

熱に潤んだ潤の目を見て、泰生はぺろりと舌舐めずりをする。

わかってはいるけれど、泰生の屹立はやはり大きすぎてどうしても動きが慎重になってしまう。深く入りこんでいく泰生の熱塊に、潤の肌には淡く鳥肌が立っていた。泰生の肩に手を置いて、腰を跨ぐようにして膝をついて体を支えているが、その足にも甘い痺れが渦巻いている。

「っはぁあ……」

熱く息を吐いたのは、これ以上腰を下ろせなかったせいだ。すでに快感が体の中に溢れており、がくがくと体中が小刻みに震えていた。

「おーい、潤。まだ全部入ってねぇだろ。それに、動かねぇと気持ちよくなんねぇよ？」

そんな潤を泰生はからかってくる。

「ぁ、だっ……て、ゃ、やっ」

甘えた声を上げてしまう潤を、泰生は喉で笑う。目の前で泰生が目を細めていた。その目に潤はもう少し待ってと訴える。しかし泰生はそんな訴えを聞いてくれる人ではない。にやりと笑うと、胡坐《あぐら》をかくようにゆるく足を曲げて潤を揺すり上げてきた。

「や、ぅうううっ」

がくりと腰が落ちて泰生の欲望が奥に刺さる。その瞬間、官能が一気に突き上がってきた。腰の深いところから頭の天辺まで一瞬で駆け抜けた電流にも似た痺れに、目の奥でばちばちと火花が走った。

「あっ、ぁ、あ」

「っぅう……すげぇ締めつけ。一瞬、おれの方が持っていかれそうになったぜ」

楽しげにゆらゆらと潤を揺すりながら泰生が言う。小さな揺らめきだが、泰生の首に縋《すが》りながら潤はただただ喘ぎ続けるしか出来ない。しかし泰生はそんな潤をさらに追いつめていく。

「何だよ、おまえがしたいって言ったんだろ。ちゃんと動いて気持ちよくしてくれよ」

次々ともたらされる愉悦にいっぱいいっぱいになっていた潤は泣きたくなったが、泰生の言うことはもっともだ。潤は震えるように頷いて、何とか足に力を入れる。何度か頽れながら膝立ちすることに成功した潤は、泰生の肩に手を置いて体を持ち上げた。

「んぁあっ、っ……ん、やっ」

ゆっくり腰を下ろして、もう一度持ち上げる。自分の中を擦り動く肉棒の感覚は潤をおかしくする。けれどそれに歯を食いしばって耐えて、ゆっくり腰を振り始めた。

「っは、その調子。上手いぜ」

泰生に励まされて、さらに動きが淫らになっていく。

何度も上下に動いているうちに、いつしか泰生の熱塊に自分のいいところをすりつけるように腰を振っていた。いやらしい動きに、しかし潤は気付きもせずに夢中になっていく。

「ぅんっ、ん、んっ…ぁ」

「あー……ガツガツいきてぇ」

うっすら汗をかいている泰生が潤を見ながら苦笑する。潤本位のセックスになっているせいで、泰生からするとのんびりすぎるらしい。

「ごめ…んなさ……ぁっ、あっ、でも、で……っ」

快感を追い始めた体は自分ではコントロール出来なかった。身勝手にゆらゆらと腰を揺すり続ける潤に、泰生はぺろりと舌舐めずりをする。

「生温い気持ちよさを長引かせていてもいけねぇだろ。そろそろおれの出番だな。本領発揮といこうか」

声を上げると、おもむろに潤の腰を摑んだ。

「ひっ……んんんっ」

そのまま強く腰を突き上げられて、たまらず潤は背中を反らした。容赦なく、ガツガツと穿《うが》たれていく。腰の奥に凝る官能の塊に直接杭《くい》を打たれているみたいで、強すぎる快感に潤はびくびくと痙攣《けいれん》を繰り返した。

「あ、ぁ、ぁ————……っ」

泰生の頭を抱きしめて、潤は背中を捩らせた。くねる腰を泰生の手は引き寄せて、熱い楔《くさび》を打ちこむ。足から力が抜けたせいで今ではすっかり泰生に体を委ねていた。自らの重みで深いところまで刺さってくる泰生の怒張に、潤は首を振って涙を飛ばしながら悶《もだ》えのたうつ。

「気持ちよさそうだな。もういくか？　けど、もう少し待てよ。今度は一緒にいこうぜ」

そう誘われて反射的に頷くが、もうあまりもたないのは潤自身が一番わかっていた。

「でもでもっ、ぁ、やぁっ……早…っく、泰っ……せ」

「おまっ…っ」

身の内にある泰生の欲望に劣情を訴えたくて腰をうねらせる潤に、泰生が一瞬息をのむ。そうして、すぐに効果は現れた。

「エロい腰使いはやめろって。クソっ、容赦ねぇな」

「あうっ、んんっ」

泰生が腰を摑んで律動のペースを激しくした。それに、今度は潤がついていけなかった。揺さぶられてかき混ぜられて擦り上げられて、潤は息も絶え絶えに体をひくつかせる。声は甘く掠れたものへ変化して、泰生に吐精を切望した。

「ッチ、ほらいけ」

「ん、ぁあああっ」

泰生の言葉に煽《あお》られるように、潤の意識は宙へと飛ばされる。浮き上がって落ちていく中で、泰生とほぼ同じタイミングで熱が弾けた。


「う〜」

翌朝、潤が寝室の畳の上で横たわっていると、少し呆れた声を上げて泰生が入ってきた。

「寝ぼすけ、潤。そろそろ起きろよ」

朝の九時をすぎた頃だろうか。泰生はすでに階下のスポーツクラブでひと汗流してきたあとのようだ。ふわりと香水と同じボディソープの香りがして、潤は目を開ける。

「泰生。腰が、腰に力が入りません……」

何も潤は、寝ぼけているわけでも畳の匂いが好きで寝そべっているわけでもない。起きようとベッドから下りたところで、腰に力が入らず畳の上に転がってしまったのだ。その後もまともに起き上がれず、困って唸《うな》っていたというわけだった。

「はぁ？　あぁ、もしかして昨夜のせいか？」

聞かれたくないことを言われて、潤は寝転がったままそっぽを向く。

泰生の言う通りに、原因はおそらく昨夜の痴態だろう。泰生の上に跨がってかなり長い間好き勝手に腰を振っていた。あれを思い出すと、自分があまりに淫乱でわけもなく叫びたくなる。今ではとても後悔していた。

でも、すごく気持ちよくて止まらなかったんだ……。

恥ずかしさに熱くなった顔を、潤は折り曲げた腕で隠した。

「軟弱だな、潤は」

当然、泰生には笑われる。潤の傍らに膝をついた泰生から潤はもう一度顔を逸らすが、

「でも、昨夜の潤はすげぇよかったぜ。めちゃくちゃエロかった」

さらにそんな風にからかってきた泰生に、ますます消え入りたい気持ちになったのは言うまでもない。だが泰生がからかったのはそこまで。労《いたわ》るような腕が、潤の体へ伸びてくる。

「せっかくの休みだ。昨日は潤に頑張ってもらったから、今日はおれが存分に甘やかしてやる」

泰生の力強い腕は、潤の体を軽々と持ち上げた。

Fin.

あとがき

初めまして。こんにちは。青野ちなつです。

この度は『深愛の恋愛革命』をお手にとっていただきましてありがとうございます。恋愛革命シリーズとしては十二巻目（！）、スピンオフを入れると十四巻目になります。

今回のお話はプロットの段階でかなり苦労しました。さすがに巻数も嵩《かさ》んできたので簡単にお話を練り上げることは難しくなっているのですが、ちょっと遊んでみようかなと思ったとたんにスイスイと作業も進んでくれて嬉しい驚きでした（以下多少ネタバレがあります）。

潤にメガネをかけさせたらきっと似合うと香坂あきほ先生のイラストを思い浮かべて書いたのですが、やはり可愛かった！　以前も泰生のディスターシャ姿（アラブの男性が着る白いひらひらのあれです）を見たいとイラストありきのお話を書いたことがありますが、今巻も同じような流れでした……ミーハーですみません。香坂先生、いつもすてきなイラストをありがとうございます。今回も美麗でした！

実は今まで青野が書いたお話でメガネをかけた主要キャラはおらず、メガネを書き慣れていないせいか存在が少し希薄になったのがもったいなかったなと思います。もっとメガネが曇ったり邪魔だったりするシーンを書けばよかった……これは次の課題にします（!?）。

あと内緒の話ですが、本当はウィッグも使いたかったのです！　ＯＫは出ないだろうなと思ってこっそり却下しました。正体を隠す謎の大学生って楽しいと思ったのですが、そこまでやってしまうと違う話になってしまいますよね。残念でした。

久しぶりに、お話まるっと日本が舞台になりました。世界を旅するのも書いていてワクワクしますが、日本だと色んな人たちが登場して賑やかになりますね。

最初の『棚から落ちてきたイタリアンな夕べ』のシーンは書いていてやはり楽しかったです。誰がどのセリフをしゃべっているのか、大勢になるとわかりづらいですが、わかってもらうために筆を尽くすのも面白くて熱が入りました。中でも（丸わかりだと思いますが）田島とレンツォがお気に入りです。田島にはもっともっと場を引っ掻き回してもらいたかったし、レンツォには女性限定の軽薄かつ情熱的な言葉をたくさん言わせたかった〜。

泰生と潤は不動のラブラブぶりですが、今作ではなかなかの苦難だったのではないでしょうか。特に泰生はずっともやもやしていたのではないかなと気持ちを想像するとちょっと笑えます。その辺り、読者さまも楽しんでいただけたら嬉しいです。

さて、今回も担当女史にはお世話になりました。恋愛革命シリーズは毎回題名を決めるのが大変なのですが、そこでご尽力くださるのが頼もしい担当女史です。おかげさまで今作もすてきな題名になりました。いつも本当にありがとうございます！

最後になりましたが、ここまで読んでくださった読者の皆さまにも厚く御礼を申し上げます。恋愛革命シリーズの新刊をこうしてまた発行することが出来たのも、支えてくださる読者さまのおかげです。読者さまの応援を励みにこれからも頑張っていきたいと思います。
また次の本でも皆さまにお会い出来ますように。

二〇一六年　キンモクセイが香る頃　青野ちなつ

初出一覧

深愛の恋愛革命　/書き下ろし

B♥PRINCE
http://b-prince.com

B-PRINCE文庫をお買い上げいただきありがとうございます。
先生へのファンレターはこちらにお送りください。

〒162-0825
東京都新宿区神楽坂6-46　ローベル神楽坂ビル5階
株式会社リブレ内　編集部

深愛《しんあい》の恋愛《れんあい》革命《かくめい》

発行　2016年11月7日　初版発行

著者｜青野ちなつ
©2016 Chinatsu Aono

発行者｜塚田正晃

出版企画・編集｜株式会社リブレ

プロデュース｜アスキー・メディアワークス
〒102-8584　東京都千代田区富士見1-8-19
☎03-5216-8377（編集）
☎03-3238-1854（営業）

発行｜株式会社KADOKAWA
〒102-8177　東京都千代田区富士見2-13-3

印刷･製本｜旭印刷株式会社

小社ホームページ　http://www.kadokawa.co.jp/

Printed in Japan
ISBN978-4-04-892417-7 C0193